Novembre 2006

Pour mon petit père
que j'aime

MON OURSIN ET MOI

Nadine

Collection « Les Inattendus »

FRANCIS BLANCHE

MON OURSIN ET MOI

Édition présentée par Patrice Delbourg

Postface d'Armand Lanoux (1972)
Postface de Jean-Marie Blanche (2005)
Postface d'Évelyne Tran (2005)

Le Castor Astral

MON OURSIN ET MOI
quarante-deuxième titre de la collection « Les Inattendus »
est le six cent vingt-quatrième ouvrage
publié par Le Castor Astral

ISBN 2-85920-624-8

AVIS DE TORNADE BLANCHE

Il était poète à ses heures, mais plus à seize heures trente. Un pied campé dans la sphère de l'imaginaire le plus éthéré, l'autre arrimé dans le quotidien le plus prosaïque. Tour à tour séraphique, métallique, cylindrique, boulimique, hystérique sur marelle des jours sans fin. Du bout des phalanges, presque par effraction, il donnait naissance à un nouveau genre lyrique : « la fleur bleue caustique ». Quand ce n'était pas la bluette au vitriol.

Francis Blanche inventa le canular téléphonique, détourna les réclames, propagea les faux scoops, écrivit des chansons pour Piaf, roula en Cadillac fuchsia et pratiqua l'autoflagellation à cru comme d'autres l'aquarelle le dimanche. Il aimait envoyer à ses amis des cartes postales représentant la Vénus de Milo avec ces quelques mots griffonnés : « Vous voyez ce qui vous attend si vous continuez à vous ronger les ongles ! » Il proposait la fusion des villes d'Antibes et de Biot pour le simple bonheur de pouvoir baptiser leurs habitants les antibiotiques. Quel drôle de petit bipède trottinant ! Fakir replet loupant tous ses tours, ses yeux inquisiteurs, limite borderline, mieux qu'une armée d'oreilles, savaient capter la capricieuse petite musique du monde alentour. On aurait dit un détective privé maous en fin de droits, déguisé en montgolfière apprenant les rudiments du menuet !

Il lapait régulièrement tout ce qui bougeait au fond des verres, surtout le rhum Villouverte, il était souvent las comme les montagnards, il dilapidait à plaisir ses dons exceptionnels de comédie dans des nanars de troisième zone, des filmaillons à la sauvette joués pour contenir la cohorte des huissiers au-delà de la limite de son paillasson. Entre diverses facéties saupoudrées sur grand écran ou grandes ondes, quelques adages bien rémoulus tombaient sans appel, à la manière d'un couperet matinal : « Qui donne aux pauvres prête à rire » ; « L'asperge est le poireau du riche » ; « Crevez gros, crevez maigres, la différence est pour les porteurs » ; « Un gourmet, c'est un glouton qui se domine » ; « Tout corps plongé dans une baignoire reçoit aussitôt un coup de téléphone ».

Entre Alphonse Allais, pionnier en tout genre, Tristan Bernard et Coluche, il est le maillon obligé, « le chinon manquant »... Ses homophonies à la diable sont de brefs eldorados. Ainsi celle-ci : « Le Titien à Blois, Le Caravage passe. » Et ce petit quatrain à pic. Du nanan :

Ami qui visites la Suisse
Malheur à toi si tu confonds !
Pour éviter la Chaux-de-Fonds
Il faut passer par Saint-Sulpice.

Tendre ou hargneux, délicat ou malotru, ne sachant pas toujours s'arrêter dans l'escalade de la taquinerie, il déploie sa colossale énergie de sédition tous azimuts. Les délires de cet homme-orchestre, inventeur de la greffe surprise, de l'étrangleur de hernies, de la police des nurses et du dépanneur d'escalopes n'ont pas fini de blanchir les nuits des générations en herbe.

Un jour ou l'autre, tout le monde a volé quelque chose à Blanche. Bon nombre d'humoristes contemporains le tiennent pour leur tonton flingué, cousin cinoque préféré, portant appendice giboyeux, verve à géométrie variable et lunettes à forte monture, comme on dit des blondes à forte poitrine. Iconoclaste, irrespectueux et mystificateur, maniant de main de maître l'absurde et l'impudence. Côté cour, côté jardin, il n'existe pas d'amuseur, bateleur, histrion qui n'ait, peu ou prou, à se réclamer de lui. Ce pain de nitroglycérine ambulant grommelait, écumait, éructait, débagoulait à satiété, réchauffant un boisseau de puces sous le plastron. Parfois Francis Blanche, dans une grande décharge de lucidité, se méfiait de sa propre force de frappe à comique, alors il préférait imploser pour éviter les dégâts collatéraux…

Ses conseils pratiques, distribués à l'antenne avec munificence, témoignent toujours d'une sagesse ancestrale entre Confucius et Helzapoppin : « Si vous ne vous sentez pas bien, faites-vous sentir par un autre », « Pour rentrer chez vous, une seule adresse : la vôtre », « Pour que l'école dure, amis donnez ». Quelques-unes de ses fables acides n'ont rien à envier à Cami ou à Alexandre Breffort. Ainsi : « Cet homme a de l'arthrite et pourtant il peut avec aisance aller et gambader. Mais quand il veut s'arrêter, la douleur à nouveau le crucifie. Moralité : l'arthritique est aisée, mais l'arrêt difficile. » Imparable.

Enfant de la balle, « né pendant la paix de 1918-1939 », fils de Louis Blanche, élevé entre deux valises, il a très tôt le talent butineur et exerce en confidence, « un oursin dans son poing fermé », ses talents de gâte-sauce lyrique. Son grand-père, François Blanche, au début du siècle, avait monté au Châtelet la première superproduction du théâtre français, Le Tour du monde en quatre-vingts jours, *dans laquelle il jouait le rôle de Philéas Fogg. Son grand-oncle, Louis Varney, était l'auteur des* Mousquetaires au couvent *et du fameux chant des Girondins. « Chez moi, avait-il coutume de dire, le spectacle n'est pas une vocation, c'est une charge héréditaire !»*

Il débute au cabaret à dix-sept ans, après avoir écrit sa première pièce à onze. Traque le cachet de cabaret en estaminet quand d'autres poursuivent leurs humanités. Avec son ami Pierre Cour, il propose ses premiers sketches pour des émoluments dérisoires (inutile de déranger un pluriel pour si peu). Il apprend l'humilité en jouant les bouche-trous en costume de collégien britannique, entre les cliquetis des couverts chics et les bouchons de champagne pétaradants. Ses spectacles restent rarement plus d'une semaine à l'affiche.

Nourri au biberon de L'Os à moelle, *il était normal que son chemin croise un jour celui du roi des loufoques, Pierre Dac, de trente ans son aîné. André Isaac, natif de Shalom-sur-Marne. Ce fut le coup de foudre. En dépit de multiples niches, invectives et imprécations – les deux compères avaient du tempérament et pas seulement dans la vente à crédit –, ils ne se quittèrent plus. Un rapport de filiation spirituelle s'instaura. Dac était profondément dépressif et il s'entaillait les veines plus souvent qu'à son tour. Connaissant cette propension, Blanche afficha ce bristol dans la salle de bains : « Désolé, mais chez moi, il n'y a que des appareils électriques. » Comme on le voit, les deux inséparables ne se ménageaient guère…*

Le sketch du Sar Rabindranath Duval reste un Everest de l'humour humide à bribes abattues. Après un repas bien arrosé où Blanche, comme à son habitude, s'était éclipsé avant l'addition, le glorieux tandem se retrouve face à face sur l'estrade dans un numéro de fausse transmission de pensée, Dac en gourou hindouisant, caleçon à fleurs et chaussettes noires, Blanche revêtu d'une djellaba brodée, le crâne surmonté d'un turban à aigrette. Souvenez-vous de ces reparties désormais gravées dans le marbre : « Brahma la guerre et Vichnou la paix ! », « Il est vareuse, pardon il est unique !, « Monsieur est placé sous le double signe du lion et du fox-terrier à poil dur!», etc. Ce dialogue devrait désormais figurer dans les manuels scolaires entre Rabelais et Swift, Molière et Mark Twain, Feydeau et Guitry.

Mais c'est en héros trublion de la radio buissonnière, en pleine guerre froide, que Blanche s'immisce dans les foyers populaires. Nous sommes au temps où Paris et le pays vivent au rythme de la famille Duraton, du « Quitte ou Double » de Zappy Max et de la minute de Saint-Granier. « Attendez-vous à savoir, éructait Geneviève Tabouis, vous êtes incollable Monsieur Champagne!» C'était au temps où Jean-Marc Tennberg récitait des poèmes à une heure de grande écoute, où Raymond Souplex et Jeanne Sourza papotaient sur un banc, où l'homme des vœux Bartissol battait la semelle. Les familles s'agglutinaient autour d'un gros objet en bakélite, trônant sur le buffet, doté d'un inquiétant œilleton verdâtre pour capter les ondes lointaines. On appelait cela un poste et Francis Blanche n'allait pas tarder à en devenir le grand mamamouchi.

Presqu'un demi-siècle après sa création, les radios périphériques ne cessent de rediffuser en boucle des bribes de Signé Furax, *chef-d'œuvre du délire romanesque, grande Iliade de la TSF doublée du manteau de satin de l'extravagance la plus abyssale, feuilleton torrentiel et improvisé, trois mille cent quarante-trois émissions de dix minutes.*

Incroyable! On aurait volé l'obélisque de la Concorde, l'arc de triomphe de l'Étoile et le lion de Belfort, en les remplaçant par des imitations en stuc! Pire, la statue dorée de Jeanne d'Arc, à Rouen, ne serait qu'un faux en pain d'épice. Quel noir dessein, et surtout quelle monstrueuse créature se cachent derrière ces forfaits? Une seule réponse: Furax! Pourquoi commet-il des actes aussi absurdes? Une seule réponse: pourquoi pas! Un Niagara de trouvailles, de fous rires, du coq à l'âne escarpé au calembour savonneux, un Zambèze et des meilleures… Avec cette lancinante ritournelle mythique en fin de générique : « Et… de qui est la mise en ondes ?… Mais de Pierre Arnaud de Chassy-Poulay, voyons !… »

Des réclames scandent ces épisodes hirsutes : « Bourjois avec un J comme joie ! », « Sunil ! Bleu ! Ajoute l'éclat à la blancheur », et sur l'air de « La Marche des rois » : « Omo est là et la saleté s'en va ! » Quelques petites annonces aussi valent le détour : « Le Théâtre de l'Opéra annonce une reprise de l'Acné, spectre de la Roséole, ainsi que la création du ballet espagnol Impétigo. Il serait prudent de louer ses plaques. » Ou bien : « Le bal des scaphandriers aura lieu ce soir, au fond du port du Havre, sous quinze mètres d'eau. À minuit, concours de la plus belle bulle et lâcher de poissons. Cotillons, imperméables et confettis en plomb. Le scaphandre de soirée est de rigueur. »

Ces déluges sonores étaient à l'inconscient collectif du petit peuple gaullien ce que la tapisserie de Bayeux était à la conquête de l'Angleterre. Ce tsunami verbal avait ses hérauts et ses prophètes : le révérend père Paudemurge, Slalom Jérémie Ménerlache, l'adjudant Tifrice, l'abbé Chamel, la séduisante comtesse Wanda Vodkamilkévitch, Nicolas Leroidec, Zorbec le gras ou Wilhem Fermtag. Tour à tour, verront le jour : « Le boudin sacré », « Malheur aux barbus », « La lumière qui s'éteint », « L'atoll Anatole ». Voulez-vous un incipit sur un plateau d'argent : « Nous parcourûmes la France, achetant, dans chaque localité, les meilleures spécialités : du nougat à Montélimar, du sucre à Cannes, de vieilles culottes à Pau, du pâté à Foix, des trous à Bâle… Nous avons visité l'hospice d'Évreux… Nous sommes revenus de Caen avec un aide… Et nous avons ramené une forte envie de Béziers. »

Blanche évolue dans cet univers tonitruant comme un poisson dans son bocal. Il frétille, s'ébroue, gonfle les joues et fait ses yeux de gruyère. Il travaille comme une légion romaine et ne prend guère le temps de se ménager. « Comme je n'ai plus le temps de dormir, j'ai engagé un dormeur. Mais il n'est pas consciencieux : l'autre jour, figurez-vous que je l'ai surpris en train de lire ! »

Les deux compères s'en donnent à cœur joie. Mais Francis Blanche est déjà sur un autre front. Populaire autant qu'atrabilaire. Poil au crémaster.

Le voilà qui taquine le Parnasse. Sa première composition avait cassé la baraque : il l'avait écrite sur commande pour l'émission de Saint-Granier, « On chante dans mon quartier ». Et en 1945, toute la France reprenait en chœur « Ploum ploum tra la la… » Du coup, il se pique au jeu et tricote des flopées de chansons qu'il distribue à l'encan, dont le délicieux « Débit de lait, débit de l'eau » interprété par Charles Trenet, « Le prisonnier de la tour » (Si le roi savait ça, Isabelle) immortalisé par Édith Piaf, « L'Automate », l'incontournable « Besame mucho , « Sur le fil », «Ça tourne pas rond », sa plus troublante trouvaille, « Les Boîtes à musique », des dizaines d'autres, et cet inoubliable « Étranger au paradis », sur une musique de Borodine qui fit la gloire de Dario Moreno puis de Gloria Lasso. Sans oublier le complexe de « La Truite » sur une mélodie de Schubert qu'il décortiqua à l'attention des Frères Jacques. Rebelote avec l'insigne « Pince à linge » sur la musique de la Cinquième symphonie de Beethoven. On lui doit en tout 676 chansons. Et même une opérette, La Belle Arabelle. Pas mal pour un dilettante potelé vis-à-vis duquel toutes notions de solfège demeuraient signes hiéroglyphiques.

Appelé de toutes parts, réclamé sur l'air des lampions, il butine, il papillonne et se disperse. Un seul enjeu : semer le désordre dans le cérémonial. On est loin de Jean Nohain et de la bonhomie soporifique des premiers pas du PAF.

Il anime les dimanches matin d'Europe n° 1. Le personnage de Macheprot, correspondant mal embouché, terrorise des palanquées d'abonnés au combiné. Le fameux « cours Sautraut à Vincennes » reste un morceau de choix pour collectionneurs. Et que dire de cette interlocutrice, employée dans une fabrique d'ouvre-boîtes, qui s'étouffait de rire en l'écoutant lui annoncer qu'il avait le doigt pris dans son appareil coincé dans une boîte de petits pois !

Blanche devient la bête noire des postières, le cauchemar des commissariats de police. Son accent, tour à tour grasseyant, mielleux, goujat, devient l'attraction dominicale des antennes périphériques. Gare au Landru de la TSF, au Petiot du transistor, au Jack l'éventreur de la radiodiffusion ! Tous ces appels à l'emporte-pièce se terminent par un gargantuesque : « Bonjour chez vous ! »

Un nouvel emploi médiatique venait d'être créé : celui de persécuteur téléphonique. Ses slogans tonitruants déchirent les studios : « Madame : n'achetez plus de tissus écossais. Écossez-les vous-même ! » ; « Atout ! Je coupe ! Mais voyons, on ne coupe pas l'atout ! Erreur ! Le bon sirop Gluant coupe la toux ! » ; « Pour briller en société, mesdames, passez-vous donc le visage à l'encaustique ! » Les fous rires de son acolyte « Chichinou », alias Robert Willar, dans le double rôle du faire-valoir et du souffre-douleur, font trembler le standard.

Selon son humeur et le rythme des saisons, ses émissions n'ont pas de titre ou bien détiennent le record de longueur absolu : « Qu'est-ce qu'on peut faire un dimanche par un temps pareil ? », « Tiens, mets donc la radio, au moins y a de la musique ! » À partir de 1965, il opte pour « Les kangourous n'ont pas d'arêtes ». Une affirmation qui pourrait paraître gratuite si l'on n'en connaissait pas la suite logique : … « C'est pour cela qu'ils ne peuvent pas nager ! » Dernier avatar, après une interruption due aux événements de 1968, Blanche reprend son inusable émission en la baptisant tout simplement… « Les kangourous ont la peau dure » ! Si les auditeurs ne rient pas, l'humoriste s'engage à rembourser l'indifférence.

« Une journée sans canular, affirmait-il, c'est un gruyère sans trou. »

« Les huîtres meurent dans le citron, les truites dans le court-bouillon, les langoustes au fond d'un chaudron et les dindes dans les marrons. La rascasse dans l'aïoli, les maharadjahs dans le patchouli, les doux dingues dans la folie et les généraux dans leur lit. Mais quand sonne leur heure, les escargots meurent debout, de bout dans l'ail et le beurre. » Un grand moment de radio iconoclaste à l'humour spontané que seul Maurice Biraud saura retrouver quelques années plus tard.

Sa majesté du canular crée une rubrique « Marions-les » (la séquence est précédée de la chanson de Juliette Gréco) où il met en parallèle de troublantes ressemblances harmoniques dans certaines rengaines à succès. Pures réminiscences ou intentions délictueuses, difficile de faire la différence entre adaptation, reprise, parodie et ressemblance paresseuse. Là encore, Blanche se situe à la pointe de la polémique en dénonçant la gangrène du plagiat musical qui, quelques années plus tard, fera des ravages. Dans la polémique, Don Quichotte de la ritournelle, il innove encore. Il bouscule les bienséances et introduit son petit grain de poivre qui fait le sel de tant d'existences moyennes.

Nouvel avis de tornade Blanche sur les ondes périphériques.

Avec lui, l'antenne se débonde et apprend ce que le mot « pignouf » veut dire. « Je fais de la radio comme on fait les oreillons ou la rougeole », avait-il coutume de murmurer tard dans la nuit, au creux de son micro d'ambiance. Sa voix siffle. Serpent et sarment. Son esprit, tour à tour noir de jais, anthra-

cite, gris souris, bleu marine, vert à pois rouges, s'infiltre dans les ménages, descelle le chambranle des portes, décolle les lames des parquets, entame les toitures.

C'est sans doute dans cette mauvaise humeur joyeuse, cette mauvaise foi contagieuse, dans ce bonheur de râler à perte de vue que ses compatriotes trouvent dans ce petit homme imprévisible une identification immédiate. Le mercredi encore il anime un jeu digne des surréalistes, « Marabout de ficelle », dans lequel le candidat doit enchaîner des titres de chansons selon le principe évoqué par le nom de l'émission. Dans le plus grand secret, il prépare une vaste campagne publicitaire en faveur d'un nouvel et mystérieux appareil qui s'appellera le Schmilblick (eh oui ! méfiez-vous des contremarques et des pâles imitations, l'authentique Schmilblick est aussi né des méninges fertiles de M. Blanche).

La rafale Blanche ne fait pas de quartiers. Surtout dans les beaux.

Tout lui tient pain de fantaisie. Chaque instant est un carburant de facétie. La vie, pourtant pas toujours indulgente à son endroit, est un long fleuve saugrenu où barbotent les fâcheux, les flics, les curés et notre saint-père le fisc.

« Je suis presque aussi célèbre que le général de Gaulle, blaguait-il. Vous en connaissez, vous, des acteurs dont on a donné le nom à une rue et à une place de Paris… et cela, de leur vivant ? » Mais loin des posthumes sur mesure et des exercices de stèle, lui, Francis, préfère manger les frites avec les doigts.

Il accumule les prestations cinématographiques sans gloire. Comme son pote Darry Cowl. Mais pour l'un, c'est l'enfer des dettes de jeu sur tapis émeraude, pour Blanche, c'est les friandises à l'étal, la bonne chère et la chair généreuse qui déborde des décolletés des jeunes starlettes. « Plus je connais les hommes, plus j'aime les femmes. » Il persiste et il saigne.

« Laissons les jolies femmes aux hommes sans imagination », aime-t-il à claironner dans les pince-fesses d'arrière-saison. Il ne suit guère cet adage. Cœur d'artichaut, il s'entiche de tendrons qui le font souffrir à tire-larigot et le rançonnent au portefeuille. Les pensions alimentaires tombent en avalanche et il tente encore de donner le change. « Je me suis marié deux fois : deux catastrophes. Ma première femme est partie, la deuxième est restée… »

Le rire se fouette comme une mayonnaise. Parfois, il arrive qu'il ne prenne pas. Et il y en eût des sauces retombées ! Comme un somnambule, le petit gros atrabilaire enchaîne les longs métrages poussifs de Jean Laviron, Gilles Grangier, Jean Girault, Raoul André, Jean Boyer, Jacques Poitrenaud et tant d'autres. Il accumule les ratas saumâtres des pires tâcherons. On se sert plus de son nom que de son talent. Parfois, il redresse la barre avec une prestation de Georges Lautner ou Gérard Pirès. On le croise sous la direction d'Henri Decoin, de René Clair, Édouard Molinaro, Michel Drach ou Yves Boisset. Il imprègne la pellicule, mais ces compositions outrées de bourgmestre chafouin, d'adjudant pète-sec, d'ambassadeur d'Amérique latine, de polyvalent du fisc, d'industriel de province, d'espion soviétique, de dentiste libidineux ne semblent guère l'entamer. Parfois, il donne même le sentiment de se complaire dans ces brouets de rigolade graillonnante. Jamais il ne hausse le ton, théorise, terrorise : « Si c'est pour disserter sur le rire, je ne suis là pour Bergson ! »

Ses camarades de tournage sont de merveilleux seconds couteaux à la physionomie pittoresque et aux attributions stéréotypées, ils ont pour nom Paul Préboist, Félix Marten, Michel Galabru, Hubert Deschamps, Robert Dalban, Jacques Legras, Pierre Tornade, Julien Guiomar, Gabriello, Michel Constantin, Pierre Dudan. Fabuleuse galerie de l'ombre où de grandes pointures attendent leur heure. Il faut bien croûter et nul n'est regardant sur l'épaisseur de la croûte. Des réalisateurs pas toujours très éveillés, ni compétents, s'ingénient à vouloir faire de Francis Blanche et de Darry Cowl les Laurel et Hardy à la française. Peine perdue. Encore aurait-il fallu qu'ils y aient des textes, des inventions et une direction d'acteurs dignes de ce nom.

Quelques éclaircies néanmoins. Ah ! les belles bacchantes, *de Jean Loubignac en 1954, succession de séquences de théâtre filmées avec Robert Dhéry, Colette Brosset et toute la bande des Branquignols reste un moment de grâce abracadabrante. En 1959, dans* La Jument verte *de Claude Autant-Lara, Blanche crève l'écran. Avec Jean-Pierre Mocky, il trouve souvent du sur mesure et réussit d'attachantes silhouettes dans* Snobs, Un drôle de paroissien, La Grande Lessive *ou* L'Étalon.

Mais ce sont trois compositions qui assurent la postérité cinématographique de Francis Blanche. Le client de Catherine Deneuve prostituée dans Belle de jour *de Buñuel qui lui demande de regarder dans un mystérieux kaléidoscope. Il campe par ailleurs l'inénarrable Papa Schultz dans* Babette s'en va-t-en guerre *de Christian Jaque. Le visage parcouru de tics, en habit de la Gestapo, il poursuit Bardot dans le hall du Lutétia en hurlant : « Vous serez sévèrement fusillée tous les matins ! »*

Les Tontons flingueurs *de Georges Lautner sort le 27 novembre 1963. Tourné presque entièrement dans un petit pavillon de la banlieue parisienne, il coûte peu mais rapporte gros. De la divine équipe réunie pour la scène mythique de la cuisine, il ne reste personne : Blanche (Maître Folage, notaire de la pègre et sa réplique culte : « Touche pas au grisbi… salope ! ») est parti le premier, suivi d'Albert Simonin, auteur du polar-alibi, Michel Audiard le dialoguiste, Lino Ventura (Fernand Naudin), Robert Dalban (Jean), Bernard Blier*

(Raoul Volfoni), Jean Lefebvre (« Ce ne serait pas de la betterave des fois ») s'est éteint le dernier en juillet 2004.

Si les bras sont petits, le cœur est énorme. Maître Francis possède un prodigieux don d'ubiquité, capable de vivre plusieurs vies parallèles. Alors qu'on le croit au trente-sixième dessous, il sort de sa boîte comme un diable à ressort avec de nouvelles idées créatrices plein sa gibecière. La barrique a le talent butineur. Tant de cordes à son arc qu'on finirait par le confondre avec une cithare ! Le matin il compose des poèmes, à midi il ripaille avec les amis, l'après-midi un bref tournage alimentaire, animation de radio en début de soirée, pièce de théâtre le soir, nouvelles agapes en guise de souper, sketch en cabaret à l'aube, et s'il tient encore debout, une petite chanson sur le gaz pour blanchir la nuit quand le parfum des magnolias se fait un peu lourd.

Tartarin de Tarascon, *le seul film qu'il réalisera en écrivant le scénario, d'après Alphonse Daudet, avec Yvan Audouard, restera un douloureux échec. Il engloutit tant et plus dans l'aventure. Pourtant ce portrait de vantard provençal transposé semblait lui aller comme un masque de frère. Les professionnels l'éreintent. Le public le boude. Les gens n'aiment pas que les comédiens sortent des sentiers battus. Ce fiasco restera une blessure indélébile. Il déguste, il trinque, mais il veut garder la main jusqu'au bout de la rampe. Ni aigreur ni ressentiment. Vivre avec excès est parfois le seul moyen de congédier ses fantômes morbides.*

L'Étrange napolitaine *paraît en 1973 aux éditions Trévise. « Roman » peut-on lire sur la jaquette. Mais est-ce bien un roman ? L'intrigue corrosive, périlleuse, où l'on voit Léon Skol et son inséparable Gélatine vivre mille aventures témoigne d'une démoniaque férocité dans l'aménagement du suspense. L'histoire en vaut-elle la chandelle ? Qu'importe. L'ouvrage, comme nombre de créations de Francis, retour-*

nera vite à l'oubli. Peu lui chaut. Il reste grand maître en harmonie catastrophique, seul le voyage des mots le retient, toute intrigue linéaire le canule à l'avance.

En dehors de ses heures de service, à la scène comme à la ville, clown, il l'est encore. Pour le simple enchantement de ses amis, pour faire le mariolle vis-à-vis d'une « créature », pour faire un dernier pied de nez aux convenances. Mais quand le vent vient du Nord, seul dans sa chambre d'hôtel, en tournée, le petit homme gris retrouve dans sa poche un peu du sable de l'été dernier, son âme d'enfant bondit et lui revient l'odeur de cuir mouillé des cartables bruns de la rentrée des classes. Un galopin en viager ! Le nez en oriflamme, l'œil cosmonaute, il scrute le firmament : « La preuve que la lune est habitée, c'est qu'il y a de la lumière ! »

Le second, le neuvième, voire le dix-septième degré de l'humour ne sont pas du goût de tous. Les publicitaires n'apprécient guère qu'on tourne en dérision leur manne céleste, les foudres de l'Église s'abattent, les politiques froncent les sourcils. Blanche se fait rappeler à l'ordre. Sa direction le tance d'importance. Il claque la porte. Rebondit ailleurs. Libre comme une nappe de pollen. Pierre Dac continuera seul ses déluges radiophoniques avec Louis Rognoni. Notamment « Bons baisers de partout » et les voix de Roger Carel, Pauline Carton, Jean Servais, Paul Préboist, Jean Carmet ou Maurice Biraud, un casting en regard duquel les sitcoms d'aujourd'hui paraissent bien faméliques.

En 1957, Guy Mollet prit brusquement congé des journalistes après avoir annoncé la démission de son cabinet pour ne pas manquer un seul épisode de ces torrentiels feuilletons. Les aventures du Biglotron, c'est Fantômas vécu par les Pieds Nickelés et raconté par le Sapeur Camembert.

Pendant ce temps, Méphisto Francis donne corps à un incroyable Tartuffe. Lors des premiers ateliers poétiques radiophoniques produits et réalisés par Philippe Soupault et Jean Chouquet sur le Programme national, il croise Michel Serrault mais aussi André Frédérique, Léo Ferré et Jacques Prévert, Jacques Brel et Jacques Audiberti. Au clavier d'ambiance, Jean Wiener, Jack Diéval ou Gérard Calvi. C'est encore l'âge d'or. Les lendemains seront plus délicats.

Toujours en démonstration, prêt à la provocation et à la gaudriole, les gags de Blanche, pour la malice de l'instant, font le tour du pays. Rapportons deux des plus célèbres, loin de tout micro et de toute caméra. Réalisés pour le seul plaisir d'épater le quidam.

Francis Blanche arrive devant l'échoppe d'un garagiste, lui demande de bien vouloir l'aider à pousser jusqu'à la pompe sa grosse voiture américaine victime d'une panne sèche à quelques mètres de là. Celui-ci s'exécute et la fastueuse limousine arrivée à destination, l'employé en salopette prononce la formule rituelle :

« Du super ? » « Mais non, voyons, de l'eau ! Et de source s'il vous plaît ! » lui réplique l'acteur scandalisé. Le pompiste croit à une plaisanterie, mais devant l'indignation vite transformée en fureur de l'usager, il se plie au désir de celui-ci et commence à verser plusieurs dizaines d'aqua simplex dans le réservoir de la belle américaine, couleur pistache. Francis Blanche l'interrompt un instant dans sa tâche incongrue et jette quelques cachets d'aspirine dans le réservoir « pour que le carburant soit plus efficace ».

Le plein terminé, Blanche le remercie, lui laisse une poignée de piécettes en guise de pourboire, monte au volant et démarre sans difficulté sous les yeux éberlués du personnel de la station service. Plaisir de la mystification, nirvana de la fumisterie, il avait la veille fait monter un faux réservoir sous le châssis de sa belle américaine.

Toujours au volant d'une de ses mirifiques torpédos, il se promène un jour dans les rues des beaux quartiers de Paris en compagnie de son ami Jean Carmet. Ne trouvant pas de place pour se garer, il s'arrête à la hauteur d'une vieille 4 CV délabrée. Jean Carmet saute de la belle voiture faisant mine d'estimer l'éventualité d'un parking. Avisant le tacot, il crie à Francis Blanche, au beau milieu de la foule des passants : « Ici, c'est possible, Francis, il n'y a qu'une bagnole de prolo... »

La réaction de l'acteur ne se fait pas attendre. Il manœuvre et encastre allègrement l'arrière-train de la Cadillac dans la carcasse de la vieille 4 CV, recommençant à plusieurs reprises, s'acharnant, jusqu'à ce que la pauvre voiture prenne l'aspect d'une œuvre de César. Un attroupement se forme autour de la scène. Devant les badauds indignés, Jean Carmet ne perd rien de son légendaire flegme, en rajoute même en donnant des coups de pied dans la carlingue de l'épave : « Voiture de minable, véhicule de pauvre, médiocrité totale... » La police, avertie par les passants, débarque sur les lieux. La foule gronde. Francis Blanche s'offusque devant les représentants de l'ordre : « Eh bien quoi, messieurs, on n'a pas le droit de casser ses propres affaires ? » Il exhibe alors ses papiers : la 4 CV lui appartenait. Il l'avait achetée spécialement pour l'occasion ! Pour l'euphorie d'une boutade.

Blanche continue à conduire sa vie comme il menait sa carrière, sur les chapeaux de roues et dans le plus grand désordre. La télévision ne l'intéresse guère. À ses yeux, c'est un art mineur où la prise de risque est nulle. Ce qui lui importe, c'est quand le spectateur paye sa place, ce doux frémissement quand la lumière s'éteint, que le rideau se lève ou que l'écran s'éclaire.

Sous les habits de Pierrot, l'autodestruction s'accentue.

1,63 mètre pour un quintal. Chaque jour on meurt en détail. Où est passé Guignol ? Il s'empiffre de glucides pour hâter le processus. Promène sa neurasthénie sur un cumulonimbus, surveille l'avancée de la cohorte des imbéciles, ces empêcheurs de délirer en rond, et protège mordicus ceux qui ont gardé, comme lui, leur âme d'enfant. La boulimie de sucreries devient hold-up organisé. Il n'est pas rare de le voir faire irruption dans les pâtisseries à l'heure du goûter et dévaliser les étals de religieuses et bavarois. Le poète de Mon oursin et moi *file un mauvais coton. Son écharde au creux de la paume, c'est sa difficulté à vivre. L'acier trempé de son humour sans concession prend parfois quelque chose de la mécanique d'une boîte à musique. Assassinés par les décibels de nouvelles vagues musicales peu enclines à la mélancolie, les flonflons du carrousel des jours heureux se sont à jamais évanouis. Une boutade par-ci, un lazzi par-là : « Si Chistophe Colomb n'avait rien découvert, Kennedy serait toujours vivant...! » Mais chaque soir, dans la solitude du miroir, quand les feux de la rampe ont refroidi, c'est Arlequin poignardé, Roméo empalé, Des Grieux à l'estrapade.*

L'élan du cœur, chez lui, n'a rien à voir avec l'élan du Grand Nord. Sa prodigalité n'a pas de limite. Il dépense l'argent avant même de le gagner. Sa vie amoureuse est devenue un inextricable gymkhana. Deux fois marié devant le maire avec Arlette et Évelyne, il vit une grande passion avec Maryse, une jeune Antillaise, avant que le ciel de lit ne se gâte définitivement avec Monita, sa dernière et très jeune compagne. Les prénoms des dames dessinent une auréole moqueuse autour de sa bouille d'angelot gourmand. « Les femmes qui nous aiment pour notre argent sont bien agréables : on sait au moins ce qu'il faut faire pour les garder. » Quatre enfants reconnus. Ses paternités successives l'enchantent. Il se montre un géniteur attentif et prodigue, même si, en tant que compagnon et concubin, sa fidélité laisse à désirer. Vivre avec le sieur Francis n'est pas une sinécure.

Sa misogynie fait les cent pas. Sa misanthropie aussi.

Désormais le slogan préféré de notre poussah déguisé en tueur à gags peut se résumer ainsi : « Il ne suffit pas d'être inutile, encore faut-il être odieux. »

À une dame lui demandant pourquoi il avait toujours la pipe au bec, il répond du tac au tac : « Mais où voulez-vous que je la mette ? » Lors d'un cocktail, à une jeune actrice dont les dernières pièces ont été de cuisants échecs, il assène : « Voulez-vous bien me faire passer les petits fours, vous qui en avez l'habitude. » Il faut dire que c'est du brutal. Mais même désenchanté, il reste attachant. Il morfle et il grince. Ses semblables, ses frères, l'acquittent sur-le-champ.

Blanche s'étiole. Blanche se décolore. Marre des faux-semblants, des simagrées, du ronron moche de cette vie que l'on nomme matérielle. L'étiquette « p'tit gros rigolo » lui colle plus que jamais à la peau. Loin de tout chichi, de tout fla-fla, il rêve de prêter pour l'éternité sa voix à l'horloge parlante. Le tout-Paris fossile le canule. Les tourneurs catarrheux comme les imprésarios véreux. Il s'inflige certaines pitreries comme un cilice. Il paye ses impôts en pièces de cinq centimes, il mange des pâtes, il se goinfre. Il s'ennuie. Ses mots deviennent escarpés, parfois sibyllins, toujours définitifs. « Faut-il toujours un cadavre pour que vienne un nouveau-né ? » Pas toujours facile de prendre le parti d'en rire.

À temps perdu, il traduit et adapte la bande dessinée Les nazis sont des cons *du dessinateur italien Bonvi. Reich et âpre… Les effets font fureur. Rien n'y fait. Son humeur descend en dessous du niveau de la mer. Il coupe la moitié de sa moustache pour faire plaisir aux enfants. Il se déguise en curé pour vérifier que tous les chats sont gris. Il arrache les pétales aux fleurs, histoire de voir ce qu'est un véritable méchant.*

Comme pour Raimu naguère, il aimerait qu'on lui propose le répertoire de la Comédie-Française. Ce jour ne viendra jamais. Avant d'en rire, il faut savoir en souffrir. Le rire est d'abord une ébauche de sanglot, une crise de larmes qui tourne court. Blanche se tient en équilibre, fragile bouffon salutaire, garant de la démocratie des sentiments, émancipé de toute contrainte ; l'humoriste, c'est toujours un peu le diable en smoking. Le rire est un animal qui s'éduque. Entre énergie du désespoir et renoncement surmonté, bien avant Pierre Desproges dont il est si proche, Francis Blanche aurait déjà pu affirmer : « Oui, l'on peut rire de tout, mais pas avec n'importe qui. »

Au rythme des tournages, des tournées, des ballasts et des bitumes, il consume ce qui lui reste de jours. Il consigne dans ses textes intimes : « J'ai bu l'oubli dans un verre brisé. » En 1973, il écrit les dialogues de La Grande Bouffe de Marco Ferreri. Ce n'est pas qu'une invention sur papier. Une sorte de testament. Quatre amis sur le déclin se réunissent lors d'un week-end de gastronomie excessive pour se consumer à petits feux. Mastroianni, Noiret, Piccoli, Tognazzi, Ferréol y sont magistraux. L'ambiance de scatologie métaphysique de ce chef-d'œuvre fait scandale. Le film est classé X alors qu'on est loin de toute pornographie. Juste du désespoir prémonitoire.

Il souffre de diabète et, en dépit de l'insistance de ses médecins, refuse de suivre le moindre traitement. Las de ce monde amorphe, il laisse son corps partir à vau-l'eau. « Mes jambes sont aussi molles qu'une limace hermaphrodite nourrie avec des spaghettis détrempés dans du bouillon de méduse. » Blanche vit son projet d'érosion intime jusqu'au bout du bout. Corps et âme. Chair rongée par le sucre. La vue se brouille comme le fond d'une bouteille. Le souffle se fait court. Il ressent son écorce comme un colis piégé. La place Blanche se déserte.

Le ton se fait grave, limite rabat-joie. « Vous me demandez si je suis athée ? Je suis plus intéressé par notre vin d'ici que par leur au-delà. »

Après un premier infarctus dont il se remet assez bien. « Infarctus ? C'est le seul mot irrégulier de la langue française. On dit : un infarctus. Des obsèques. » Son état de santé s'aggrave à nouveau subitement. Le 7 juillet en fin d'après-midi, après avoir tourné à Dijon un documentaire sur la moutarde (sic), il s'effondre victime d'un coma diabétique. Le palpitant ne tarde pas à marquer une pause irrévocable. Il atteignait tout juste cinquante-trois ans, ce qui n'est un âge pour rien, surtout pas pour tourner définitivement le coin de la rue et s'installer pour l'éternité avec un petit cimetière sur le ventre.

Celui qui voulait ne pas se faire incinérer – car il ne voulait pas infliger l'odeur du caramel à l'assistance – est suivi par son maître Pierre Dac quelques mois plus tard. « Appelez-moi fumée, appelez-moi nuage ! »

Sur sa tombe, discrète, au petit cimetière d'Èze, village sarrasin de l'arrière-pays niçois aux ruelles en escalier avec le jardin exotique aux innombrables cactus qu'il avait surnommé « le jardin des piqûres », le promeneur peut lire, en épitaphe, cette phrase, moins sincère qu'ironique, tirée de l'un de ses poèmes : « Laissez-moi dormir… j'étais fais pour ça. »

Quelques instants auparavant, il murmurait encore à la cantonade : « Que voulez-vous, mieux vaut avoir l'âge de ses artères que de César Franck. »

Le mettre sur un piédestal offenserait sa mémoire. Mais, mine de rien et pour longtemps, le petit homme colérique continuera à nous aider à vivre, et au besoin à mourir.

Patrice DELBOURG

MON OURSIN ET MOI

Un oursin dans mon poing fermé
j'ai serré les poings sans rien dire
et je crois qu'on a bavardé
et je crois que j'ai pu sourire

Sourire à Pierre à Paul à Georges
à Marie-Christine à Thomas
avec ce sable dans la gorge
et ce caillou dans l'estomac

Cache donc tes mains sous la table
ça n'est pas joli tout ce sang
et pour faire passer le sable
bois donc ce whisky qu'on te tend

Merci monsieur merci madame
(ô les bons principes reçus !)
Dans ta poche tu fourres ton âme
avec ton mouchoir par-dessus

Bravo… tapons-lui sur l'épaule
ce garçon est vraiment très bien
il réussit à être drôle
avec un oursin dans la main !

LES MONTRES MOLLES

d'après Salvador Dali

Une montre sur un mur
qui picorait du temps mou,
des minutes de guimauve
et des heures de saindoux.

Quand minuit coulera par terre
comme un morceau de poumon
les méduses sonneront…

On n'a que l'heure de ses viscères.

LE BERGER

Le berger écoute le vent
Le berger compte les étoiles
Le berger regarde le temps
grisailler son manteau de toile

Le berger confie son troupeau
à l'épaule de la montagne
Le berger joue de son pipeau
La voix du torrent l'accompagne

Mais par les longues nuits d'été
couché seul sur le dos dans l'herbe
compagnon de l'éternité
le berger…
        le berger…
                s'emmerde…

L'ORATEUR ET LE SOURD MUET

(Fable)

Un jour, un orateur
parlait à la radio,
en envoyant, d'ailleurs
maint postillon dans le micro…
(ce qui n'est dans le fond qu'un détail des plus minces…)

… Et tout là-bas, dans un hospice de province
il y avait
un sourd-muet
qui somnolait
à côté de sa T.S.F.
L'orateur en hurlant exposait ses griefs
pendant que, plein d'indifférence
le sourd-muet gardait le silence,
car il n'entendait rien du discours enflammé
– d'ailleurs, le poste était fermé.

Lorsque tomba la nuit
le sourd-muet se mit au lit,
l'orateur retourna chez lui,
et mon récit
finit ainsi.

Cette histoire a ceci de bien
c'est qu'elle ne prouve absolument rien
Elle me sera pourtant profitable
car j'en ai déduit cette vérité :

c'est que lorsqu'on fait une fable
il est avant tout préférable
d'avoir quelque chose à y raconter !

LA TARTINETTE ET LE CAMEMBERT

(Fable alimentaire)

Souvent puissant voisin nous cause du dommage
Oyez plutôt l'histoire des fromages :

Un camembert était, dans un garde-manger
Rangé
Près d'une crème de gruyère...
Leur possesseur devait avoir en vérité
Quelques bonnes actions chez un ami laitier
Ou une mauvaise action chez une amie crémière
Mais ceci est une autre affaire.

Le camembert à sa voisine, un jour,
Dit, d'un ton fort aimable :
« C'est bientôt notre tour
De passer sur la table !... »
(Il est très bien, dans une fable
De faire parler un camembert !...
Son style est... coulant, agréable,
Et puis... il fait si bien les vers !...)
Il ajouta donc, toujours littéraire :
« Ô chère crème de gruyère !
Je voudrais tant faire de vous
Un fromage qui ait du goût !...

Vous êtes, je le reconnais,
Une bonne pâte !... Oui, mais
Vous n'avez pas d'odeur... presque pas de fumet !...
Approchons-nous donc l'un de l'autre :
Vous prendrez mon parfum, il suppléera le vôtre...
Vous profiterez amplement
De mon ferment...
(Oh... je ne vous fais pas la cour :
Ce n'est pas un ferment d'amour !...)
Mais à table, dans quelques jours
Chacun voudra vous rendre hommage,
Vous serez digne enfin du beau nom
de fromage...! »

Ainsi fut dit... ainsi fut fait,
Mais, quand deux jours après
Sur la table ils se présentèrent,
Le camembert fut déclaré fameux,
Crémeux, merveilleux, délicieux...
Quant à la crème de gruyère
On la trouva trop forte... malodorante, amère
Et on la mit en moins de deux
Dans les ordures ménagères...

Ainsi, l'un sur l'autre on déteint,
Et souvent, pas pour notre bien,
Sachons donc choisir nos voisins...
Que leur odeur ne nous soit pas trop supérieure
Car, n'oublions pas ce conseil,
Homme ou fromage, c'est pareil,
La raison du plus... fort est toujours la meilleure

LE PETIT GARÇON ET LE SOUFFLET

Le petit garçon s'ennuyait
Et chacun sait
Qu'à cet âge-là… et même à d'autres.
S'ennuyer veut dire : ennuyer les autres…
Donc, le petit garçon criait, pleurait
Trépignait et hurlait :
« Donne-moi des bonbons, donne-moi
des joujoux
Donne-moi des gâteaux et du roudoudou. »
Si son père l'avait entendu
Il lui aurait dit d'un ton convaincu :
« Moi j'm'en vais t'donner un coup de pied
au derrière »
… Mais il n'y avait que sa mère
Qui avait autre chose à faire.
Elle décrocha le soufflet
Qui pendait auprès des chenets
Et le donna au garçonnet :
« Tiens mon coco… tiens mon poulet
Fais joujou avec ce beau jouet…
Mais surtout… fous-moi bien la paix. »

Et l'enfant tout heureux
Pour faire

Comme son père et sa mère
Se mit à souffler sur le feu…
… Ah… que la vie est donc belle
Lorsque l'on a un soufflet
Qui fait
De jolies étincelles !…
Et le mignonnet soufflait
Soufflait
Sur les braises enflammées
Qui donnaient dans la cheminée
Il souffla même à un tel point
Que soudain
Une braise sortit de l'âtre
Et, à peine le temps de compter deux trois quatre,
Elle roula jusqu'aux rideaux
Et y mit le feu aussitôt…

Dix minutes après
Toute la maison brûlait
En faisant, ma foi, d'assez belles
Étincelles…
La mère et son enfant chéri
Y furent asphyxiés et puis
Cuits…

Ainsi, lorsque l'on veut la paix
C'est souvent bien cher qu'on la paie
Et la moralité de cette histoire, c'est
Qu'en tous temps, en tous lieux
… Soufflet n'est pas jouet.

LE ROBOT ET LE CORNARD

(Fable d'anticipation scientifique)

Figurez-vous que par un beau matin
de l'an 2981
un monsieur au cœur tendre
venait soudain d'apprendre
Que sa maîtresse le trompait
Et le pauvre se lamentait
En contant son malheur à qui voulait l'entendre
« À quoi sert – disait-il – que le temps soit vaincu
À quoi sert ce progrès dont nos siècles se parent
À quoi sert d'avoir tant vécu ?
Il n'y a plus de chefs de gare
Mais il y a toujours des cocus !... »
Et, tandis qu'il songeait que ce n'est pas un rôle
Drôle
Il sentit soudain
Une lourde main
Qui se posait tout doucement sur son épaule
Il se retourna et – stupéfaction ! –
Vit à côté de lui un homme mécanique
Un robot – puisqu'il faut l'appeler par son nom –
Qui le regardait avec compassion
Et lui dit tout à coup d'une voix métallique :
« Pauvres, pauvres humains à l'âme trop sensible,

Si vous avez souffert et souffrirez encor
C'est que votre cœur est la cible
Où s'acharnent les coups du sort...
Vous, monsieur, qui pleurez à cause d'une femme,
Pour qui l'amour est un tourment
Il suffirait tout simplement
Pour éviter ces drames
Que vous n'ayez plus d'âme...
Ah !... si comme moi vous étiez
En acier,
L'œil sec et le corps bien trempé,
Le cœur en formica et le cerveau en cuivre
Là, vous pourriez vraiment goûter la joie de vivre !
Si vous saviez comme c'est beau
D'être robot !...
Jamais ne pleure ni ne ris...
Rien ne m'effraie, rien ne m'épate,
Je ne mange qu'un plat de riz,
Et même ce riz-là, c'est du riz... automate !...
Jamais d'amour ni de passion,
Donc, jamais de complications,
Jamais trompé, jamais déçu,
Jamais cocu,
Croyez-moi donc, faites-vous mettre
Un cœur en vinyle stratifié
Avec un gros décibelmètre
Vous saurez ce que c'est que la tranquillité... »
« Merci, répondit le cornard
C'est très gentil de votre part,
Je ne vous en garde aucune
Rancune,
Mais j'aime mieux mon infortune

La tranquillité, je m'en fiche,
Une vie sans amour, c'est un bateau sans mât,
Or on ne peut ruiner que celui qui fut riche
Et l'on ne peut tromper que celui qu'on aima… »
Le robot, honteux et confus
S'en fut,
Et le cornard, oubliant chagrins et remords
Jura que malgré tout, on l'y prendrait encor !…

LE CARNAVAL DES ANIMAUX

d'après Saint-Saëns

INTRODUCTION

Au Jardin des Plantes, ainsi nommé d'ailleurs
à cause des animaux qu'on y a rassemblés
Au Jardin des Plantes une étrange ardeur
semble régner…
On décore, on festonne, on visse, on cloue, on plante
Le castor construit des tréteaux
La grue porte des fardeaux
le python accroche des tableaux
car ce soir au Jardin des Plantes
c'est la grand-fête éblouissante :
Le carnaval des animaux !

Tout est prêt… la foule se masse
L'orchestre, à pas de loup, discrètement se place
L'éléphant prend sa trompe, le cerf son cor de chasse
et voici que soudain monte dans le silence
pour le plaisir de nos cinq sens
la musique de monsieur Saint-Saëns…

LE LION

I

Soudain : « Vive le roi ! »
et l'on voit
la crinière
en arrière
entrer le Lion, très britannique, la mine altière…
vêtu de soieries aux tons chatoyants
(soieries de Lyon évidemment).
Il est fort élégant…
mais très timide aussi : à la moindre vétille
il rugit… comme une jeune fille…

Peuple des animaux… écoute-le… tais-toi…
Laisse faire Saint-Saëns, la musique et ton roi…

POULES ET COQS

II

Gens de cour et gens de plume
voici les poules et les coqs.
Basse-cour et courtes plumes
Ils sont bien de notre époque…

Les uns crient Cocorico…
très haut
les autres gloussent et caquettent
très bêtes

car tous ont une idée secrète
une idée de derrière la crête :

signer pour l'année entière
un contrat phénoménal
les poules aux Folies-Bergère
le coq chez Pathé-Journal.

HÉMIONES

III

Un hémione c'est un cheval
des hémiones ce sont des chevaux.
L'hémione est un bel animal
les hémiones de fiers animaux.
Il trotte comme un vrai cheval
ils galopent comme de vrais chevaux
il tombe sans se faire de mal
se relèvent sans dire de gros mots…
Et si l'hémione est un cheval
si les hémiones sont des chevaux
il a, comme tout animal
ils ont, comme tous les animaux
leur place dans notre carnaval
comme dans tous… les carnavaux

TORTUES

IV

Au carnaval, une fois l'an
les tortues dansent le cancan
et sous leurs montures d'écaille
elles transpirent, elles travaillent,
elles se hâtent avec lenteur…
Mais quand vous verrez, spectateurs,
danser ce galop d'Offenbach,
au rythme de Sébastien Bach,
vous comprendrez qu'il ne faut point
jouer avec son embonpoint
et qu'il vaut mieux courir que de partir à point.

ÉLÉPHANTS

V

Les éléphants
sont des enfants
qui font tout ce qu'on leur défend
car pour l'éléphant, les défenses
depuis le fin fond de l'enfance
ça se confond avec les dents.

Tout léger malgré leurs dix tonnes
comme des collégiens de Cambridge ou d'Eton,
les éléphants sont des enfants
et qui se trompent… énormément.

KANGOUROU

VI

Athlète universel, comme en vain on en cherche,
voici le kangourou, redoutable boxeur,
recordman du saut en longueur
et champion du saut à la perche…
Oui, quand de l'Australie tu quitteras la brousse,
nos sportifs près de toi sembleront des fantoches
kangourou, tu les mettras tous
dans ta poche !

AQUARIUM

VII

De la baleine à la sardine
et du poisson rouge à l'anchois,
dans le fond de l'eau chacun dîne
d'un plus petit que soi…
Oui, la coutume singulière
de cette lutte à mort dans les algues légères,
fait frémir en surface notre âme hospitalière…
mais au fond c'est la vie, quand on veut bien
chercher,
et que celui qui n'a jamais péché
jette aux poissons la première pierre !

L'ÂNE

VIII

Las d'être une bête de somme
dont on se moque à demi-mot,
au Carnaval des animaux
l'âne s'est mis… un bonnet d'homme !

COUCOU DANS LES BOIS

IX

Jouant à cache-cache
avec on ne sait qui
le coucou, vieil apache,
vient de voler un nid.

Usurpant une place,
détruisant un bonheur,
c'est le coucou vorace
dont les maris ont peur.

Et chacun soupire à part soi :
« Que le son du coucou est triste, au fond
des bois. »

VOLIÈRE

X

Étourneaux, martinets, merles et rossignols
serins et canaris, alouettes et arondes
volez, gentils oiseaux, chantez… personne
au monde
ne vous condamnera pour chantage ou pour vol…

PIANISTE

XI

Quel drôle d'animal !
On dirait un artiste
mais dans les récitals
on l'appelle : pianiste.

Ce mammifère concertivore digitigrade
vit le plus souvent en haut d'une estrade.
Il a des yeux de lynx et une queue de pie,
Il se nourrit de gammes, et ce qui est bien pis
dans les vieux salons il se reproduit
mieux que les souris.

Près de son clavier il vit en soliste
cependant sa chair est peu appréciée…
Amateurs de gibier, chasseurs… sachez chasser,
ne tirez pas sur le pianiste !

FOSSILES

XII

Sortis spécialement de leur Muséum
messieurs les fossiles
les iguanodons, les mégathériums,

les ptérodactyles…
Ichtyosaures
Dinosaures
Brontosaures
Nabuchodonosors
et autres trésors
des temps révolus
sont venus
simplement pour prendre l'air
(l'air quaternaire
bien entendu)

et sous les candélabres
ces corps qui se délabrent
éparpillant leurs vertèbres dans tous les sens
les fossiles ont tourné sur la Danse macabre
… de Saint-Saëns.

LE CYGNE

XIII

Comme un point d'interrogation
tout blanc sur le fond de l'eau verte

le cygne, c'est la porte ouverte
à toutes les suppositions…

Est-il pathétique, ce cygne ?
Est-il un amant malheureux ?
Est-il romantique, mais digne
ou simplement crétin glorieux ?

C'est un mystère qui persiste
et le cygne, aux accents de son air fataliste
s'éloigne lentement sur l'eau…
Pour lui, c'est un moment bien triste
lorsqu'on va jouer ce morceau…
… mais c'est un bel instant pour le violoncelliste
car il va faire son solo…

FINAL

XIV

Et maintenant, ça y est, la fête se déchaîne
les animaux oublient les grilles et les chaînes…
on danse, on fraternise : le loup avec l'agneau
le renard avec le corbeau
le tigre avec le chevreau
et le pou avec l'araignée
et le manche avec la cognée.
Comme c'est joyeux, comme c'est beau
le Carnaval des animaux !

Et puis, quand la nuit se fera plus claire
quand la musique aura décidé de se taire
les bêtes feront la queue au bestiaire
et la vie reprendra…

À nouveau on se craindra
le chien et le chat
le lion et le rat
et cætera…
Ne riez pas !
Les bêtes ne sont pas les plus bêtes en somme
et si vous en doutez un brin,
rendez-vous dimanche prochain
au Carnaval des hommes !

LE CHÊNE ET LA TORTUE

Le chêne un jour dit à la tortue :
« Que vous êtes belle… que vous courez bien !…
Votre voix qui m'est inconnue
doit être aussi fraîche
que l'air du matin…! »

La tortue alors
secrètement flattée
aspira très fort
et se mit à chanter

et le lièvre, dans le bois mouillé
pour l'entendre cessa de brouter…

Mais hélas, la pauvre tortue
ayant sans relâche
chanté tout l'été
se trouva toute dépourvue
à la fin d'automne
sans rien à manger…

Elle alla trouver la cigale aux yeux verts
poétesse cotée dont elle aimait les vers
qui lui dit : « Non… j'ai ma locataire
la fourmi, qui est dans la misère !… »

Alors le corbeau
le loup et l'agneau
le cochet, le chat et le souriceau

l'huître et les plaideurs
l'aigle et le chasseur
décidèrent d'agir en sa faveur…

Et chacun s'en fut, l'âme émue
faire à la tortue
un présent discret.
Le renard offrit en partage
un peu du fromage
qu'il avait volé…

Le grand chêne donna de ses glands par kilos
le roseau donna la moelle de ses os
et le lièvre offrit à sa consœur
une terrine de pâté de chasseur !…

La fourmi donna des myrtilles
et le rat des villes
quelques ortolans…
La cigale enfin convaincue
donne à la tortue
la clef de ses chants…

À sa cour, le lion donna un grand gala…
Tous, heureux de vivre, on rit et l'on chanta…
Mais les hommes ne s'entendaient pas :
le jour même, la bombe éclata…

Du feu
Du fer…
Fumée
dans l'air…
…et ma fable
s'arrête là…

Ami qui visites la Suisse
malheur à toi si tu confonds !
Pour éviter la Chaux-de-Fonds
il faut passer par Saint-Sulpice

Mes chers élèves notre école
va être obligée de fermer
si vous n'apportez votre obole
pour permettre de continuer

MORALITÉ

Pour que l'école dure
amis, donnez !

Un tigre du cirque échappé
est entré dans le poulailler
une poule fort effrayée
en a pondu un œuf brouillé...

MORALITÉ

Mésopotamie (?) [1]

1. Entre le tigre... et l'œuf rate !

ESTHER ET MIKA

Ils ont une affaire de plastiques
gérée avec calme et raison :
Esther fait la vente en boutique
et Mika fait les livraisons.
Lui très costaud… Elle pas fière
font dire aux esprits délicats :
Mon Dieu qu'elle est polie Esther !
Mon Dieu comme il est fort Mika !

Notre père qui êtes osseux !

LES FRITES AVEC LES DOIGTS

Quand j'étais petit je n'étais pas grand
mais j'étais un enfant docile
je montrais mon cul à tous les passants
c'était la fierté de mes parents

J'apprenais par cœur consciencieusement
un tas de règles difficiles
que je récitais à nos invités
pour montrer que j'étais bien élevé

Faut pas manger les frites avec les doigts
Faut pas ronger les os avec les dents
Faut dire PARDON MERCI et S'IL VOUS PLAÎT
Faut dire BONJOUR à la dame

Quand dans un collège on m'a laissé choir
j'ai failli en tomber malade
y avait des mégots dans les urinoirs
et des cafards dans les dortoirs

Pour passer le temps à l'étude du soir
je touchais mes petits camarades
tout en répétant les principes sacrés
qui font les enfants bien élevés

Faut pas manger les frites avec les doigts
Faut pas ronger les os avec les dents
Faut dire PARDON MERCI et S'IL VOUS PLAÎT
Faut dire BONJOUR à la dame

Quand j'ai eu vingt ans, a fallu y aller
ça s'appelle servir la patrie
le salut au drapeau, le lit au carré
et toutes les vacheries des gradés

Quand t'es colonel tu peux te révolter
y aura toujours une amnistie
mais quand t'es troufion mieux vaut répéter
ce qui fait la force des armées

Faut pas montrer l'colon avec les doigts
Faut pas saluer l'pitaine avec les dents
Faut dire PRÉSENT PARDON et S'IL VOUS PLAÎT
Faut dire MERCI à la France

À présent je suis rangé et marié
j'ai la sécurité sociale
la retraite des cadres les congés payés
la plus belle 2 CV du quartier

J'ai pas eu d'enfants, ça s'est pas trouvé
d'ailleurs ça pue et puis c'est sale
mais quand mes petits neveux seront vaccinés
je leur enseignerai ma vérité :

Faut pas manger la vie avec les doigts
Faut pas ronger la vie avec les dents
Faut dire PARDON MERCI et S'IL VOUS PLAÎT
Faut dire BONJOUR… et puis MERDE

J'ai rêvé ma vie
les yeux grands ouverts
me suis réveillé
quand c'était l'hiver

La neige était là
le ciel était gris
le vent était froid
je n'ai pas compris

Mes beaux soirs d'avril
que j'avais rêvés
où donc étaient-ils
j'en aurais pleuré

Faites-moi plaisir
commencez sans moi
laissez-moi dormir

… j'étais fait pour ça…

Les dimanches ratés tournent en robe grise
au rythme languissant des valses de l'ennui
Sur fond d'accordéon et de cloches d'église
les dimanches ratés se plaignent dans la nuit

Il y a dans leur chanson le parfum des pralines
la sonnette glacée des cinés permanents
Se tenant par la main comme des orphelines
les dimanches ratés vont à l'enterrement

Et les petits enfants pour suivre le cortège
ont mis des cols trop blancs tristement cravatés
Ils apprennent déjà sous un long ciel de neige
l'âpre mélancolie des dimanches ratés

Ces dimanches tendus comme une longue chaîne
je m'y croyais moi-même à jamais condamné
et dans ce gouffre fade au bout de la semaine
je pensais voir mourir ma force assassinée

Les dimanches ratés pleuraient à ma fenêtre
Ton sourire est venu Tout a changé Merci
C'était toi qu'il fallait pour me faire connaître
un chaud un merveilleux dimanche réussi

MORT D'UN JEUNE HOMME

Il est mort le beau jeune homme
en allant au rendez-vous
par une belle après-midi d'automne
où le soleil avait des reflets roux

Ses belles dents cassées comme du verre
son front charmant crevé comme un tambour
ses mains blanches déchirées sur les pierres
ses yeux ouverts qui ne voient plus le jour

La belle voiture anglaise
brisée sur les rochers
au pied de la falaise
comme un bateau échoué

Il est mort le beau jeune homme
le tournant était trop court
il suffit de peu de chose en somme
pour tuer un roman d'amour

Et là-bas tout au bout du chemin qu'il suivait
y a la belle fille blonde et les jus de fruits frais
et les disques de jazz et les jambes bronzées
et les lèvres en extase qui sourient au baiser

Mais il y a l'heure qui tourne et la glace qui fond
et puis le téléphone où personne ne répond
et puis d'autres garçons que l'on suit en riant
sans savoir que l'amour a raté le tournant

Il est mort le beau jeune homme
oublié seul sous le ciel
mais déjà les doigts du vent de l'automne
lui ont tissé son habit d'éternel

Ses belles dents sont devenues des pierres
son front charmant un tertre d'herbe bleue
ses bras tordus comme deux branches de lierre
nouées autour d'un tronc d'arbre poudreux

Des yeux de coquillages
au regard d'eau salée
et plus rien sur la plage
que la mer étoilée

Il est mort le beau jeune homme
immobile aveugle et sourd
dans un geste inachevé qui pardonne

statue de sable
        d'algue
                et d'amour…

Qui donne aux pauvres, prête à rire.

Quand on a la santé,
c'est pas grave d'être malade.

NEVERMORE

Il n'y aura plus
jamais
de neige
sur le chemin des étangs.
Je veux parler
de cette neige
de nos quinze ans.

Il n'y aura plus
jamais
de brume
dans les bois de chênes verts.
Je veux parler
de cette brume
de nos hivers.

J'irai brûler des feuilles mortes
dans le jardin de mes parents
et puis je fermerai la porte
sur mes amours d'enfant.

Il n'y aura plus
jamais
de rires

sur les sentiers ingénus.
Je veux parler
de tous ces rires
à jamais perdus…

MORTEL ÉTÉ

Distraite la guitare
lointaine la chanson
et rêveuse la dame
sous le parasol bleu et blanc qui respire

Insolent le barman
qui regarde narquois
Sonores les glaçons
qui font tinter le verre

Glacé le cœur qui s'est laissé prendre
encore une fois
Tièdes les larmes
dans l'ombre bleue et blanche

et fini, oh fini
le dernier jour de ce mortel été

Cheveux ténus tressés en chaîne
tous ces cheveux qui nous enchaînent
à quelque passé sans couleur
il faudrait apprendre à les rompre
et à lâcher la proie pour l'ombre
puisque l'ombre c'est la chaleur

Parfum de feuille odeur de sève
je ferme les yeux et je rêve
d'un matin paresseux et doux
et d'un grand lit de toile rêche
et de l'amour sur ta peau fraîche
et du silence autour de nous

Il faudra bien qu'il se décide
ce destin aveugle et stupide
à faire un peu mieux son devoir
et à nous donner notre chance
de nous rejoindre et de pouvoir

vivre enfin (enfin !) notre enfance !

VOS NOM, PRÉNOM…

Ne cherchez pas à lire mon nom sur mes papiers
J'ai lavé mes empreintes et j'ai perdu mon âge,
Appelez-moi fumée appelez-moi nuage
Laissez le reste en blanc sans rien me demander.

Je n'ai jamais volé que mes instants de chance,
Je n'ai jamais tué que le temps qui passait,
Mes poches sont percées mais je garde en secret
Le coquillage bleu du fond de mon enfance.

Vous n'avez pas le droit de prendre mes bretelles
Ouvrez-moi cette porte, rendez-moi mes lacets !…
Je n'ai rien demandé, simplement je passais,
Si je n'ai pas de nom c'est que nul ne m'appelle.

Je suis très bien ainsi, laissez-moi m'en aller
Je ne mendiais pas, n'étais même pas ivre
Et s'il faut à tout prix mettre un nom sur vos livres
Appelez-moi nuage, appelez-moi fumée…

Prudence est mère de tous les vices.

L'ÂGE DE RAISON

La ville écrase la forêt
pour y installer son décor
sans songer au bruit que ferait
le chant de tous les oiseaux morts

On cimente les paysages
on bétonne les horizons
Nous voici arrivés à l'âge
de raison

Le petit sentier de l'école
est une autoroute à six voies
qui mène à la piste d'envol
où les Boeing hurlent de joie

Il y a du goudron sur la plage
et du gas-oil sur le gazon
Nous voici arrivés à l'âge
de raison

On a piétiné les ballades
et les refrains de nos printemps
on en a fait des marmelades
pour les vieillards de dix-sept ans

qui font sauter les pucelages
avec des trognons de chanson
Nous voici arrivés à l'âge
de raison

Les décibels nous assassinent
les scooters nous bouffent le cœur
et la télé dans les cuisines
nous explique notre bonheur

Quand on veut rêver, les nuages
ont la forme de champignons
Nous voici arrivés à l'âge
de raison

Rien à faire petit bonhomme
mets ta tête sous l'oreiller
Grand-mère a bouffé une pomme
et c'est à nous de la payer

Tiens-toi tranquille reste sage
enfoui au creux de ta maison
et laisse, laisse passer l'âge
de raison

IL ÉTAIT UN PETIT HOMME

Il était un petit homme
tout habillé de gris
qui s'appelait l'automne
et revenait sans bruit
dans la nuit
semant devant lui
des feuilles jaunies
et des chansons de pluie…

J'aime l'automne j'aime l'automne
et ses souvenirs de jadis

L'odeur des tabliers
de la rentrée des classes
parfum du tissu neuf
et des cartables bruns
et des plumiers de cuir
et des marrons qu'on casse
Odeur de l'encre fraîche
sur les premiers bons points.

Visages inconnus
des nouveaux camarades
Mystère des cahiers

que l'on ouvre en tremblant
Et les jeudis d'octobre
aux courtes promenades
La nuit tombe trop tôt
pour les petits enfants…

Mais si on retrouve au fond d'une poche
un peu du sable de l'été
c'est bien que ce jour-là quand on est un gosse
que l'on apprend à regretter

Il était un petit homme
tout habillé de blanc
qui courait sur la plage
derrière un cerf-volant
palpitant
courait sous le ciel courait follement
après son âme d'enfant
qui s'envolait qui s'envolait
qui s'envolait
dans le vent…

Arlequin poignardé sur les quais du vieux Londres
L'enquête est mal conduite et Scotland Yard s'y perd
On a fouillé en vain la chambre à Denton Square
La dame de l'hôtel refuse de répondre

On recherche un vieux clown qui à l'heure du crime
réparait sur les docks un cerceau en papier
Lui seul peut révéler à l'inspecteur Verdier
quelle était la chanson que chantait la victime

Interpol a lancé trois agents sur l'affaire
On a interrogé les amis du défunt
Polichinelle à Rome Colombine à Berlin
et Pierrot qui faisait du ski à Val d'Isère

Tous trois ont répondu d'un air un peu bizarre
car ils savent déjà que c'est bientôt leur tour
Ils connaissent le nom du tueur de guitares
et pendant ce temps-là l'assassin court toujours

l'assassin court encore il s'appelle Chacun
Chacun de nous de vous aux treize coins du monde
chacun a plus ou moins dans les brouillards de Londres
un soir sans le savoir poignardé Arlequin

LA MACHINE DE MARLY

À Armand Lanoux

C'est la Machine de Marly
avec ses roues et ses poulies
qui fait monter l'eau de la Seine
par Louveciennes et Rocquencourt
et l'aqueduc de Bon-Secours
jusqu'aux grands bassins de la Reine

À travers les vitres mouillées
quand je vois ses longs bras rouillés
tourner en soufflant leur haleine
lorsque j'entends le bruit de la pluie
de la Machine de Marly
pourquoi donc ai-je tant de peine ?...

Ses gros pistons gras et luisants
me font songer à mes dix ans
pleins de machines à la Jules Verne
Et l'odeur de l'eau remuée
fait monter comme une buée
qui vient du fond des temps modernes

Et je me demande souvent
en voyant le flot bouillonnant

jouer dans les roues qui l'entraînent
si le Roi n'avait pas bâti
la vieille Machine de Marly
pour amuser un peu la Seine

Mais le temps passe peu à peu
et le grand joujou fabuleux
rongé de rouille et de gangrène
n'est plus qu'un monstre prisonnier
qui se contente de grogner
sans chercher à briser ses chaînes

Et la roue tourne avec les heures
et l'eau coule comme les pleurs
sans jamais rien qui la retienne...
Lorsque j'entends le bruit de la pluie
de la Machine de Marly
pourquoi donc ai-je tant de peine ?...

Dans les bois de l'hiver nos étés se promènent
Nous les suivons de loin au hasard des sentiers
Vêtus de souvenirs ils sont là tout entiers
peuplant de chants d'oiseaux les clairières de chênes

Il faut si peu de chose au bois qui s'effeuillait
pour faire un carnaval dans ses branches défaites
Un rayon de soleil fait éclater la fête
un carré de ciel bleu fait renaître juillet

Les figuiers de Bandol et les pins des Issambres
accrochent leurs parfums dans les taillis déserts
et les chants de l'été viennent mêler des airs
de farandole folle aux valses de décembre

On n'a que l'âge de ses obsèques.

Il ne faut pas parler de concorde
dans la maison d'un imbécile pendu.

L'IMAGE DE L'ARBRE

L'image de l'arbre
L'image de l'arbre incrustée dans le ciel
L'arbre agenouillé qui veille sur son ombre
calme et bleu comme un ami du soleil

Paysan bloc trapu jailli vivant de la pierre éclatée
tu mènes paître vers la nuit de gros monstres de paille
qui glissent placides au rythme des charrois

Facteur ange à roulettes
tu n'iras jamais à la messe
Dimanche aussi part sans laisser d'adresse
mais le ciel le ciel le ciel
le ciel est un télégramme du bon Dieu

Matin promesse
Matin message du simple
Matin

Je ne crois pas aux buis qu'on taille
Je ne crois pas aux boulingrins
Amis il faut que je m'en aille
Vos arbres à vous ont trop de chagrin
Langage familier souffle des temps qui passent

reflet tant aimé des soirs enfuis sans traces
image image je t'emporte
au ciel des jours mauvais gravée comme une eau-forte

J'ai connu un commissaire de police
qui était clown en dehors de ses heures de service

J'ai connu des glycines roses plus que la rose elle-même
c'était dans un jardin
chez les Bénédictins
à Solesmes
J'ai connu des cinémas pour bonbons à la menthe
j'ai connu ce vieux zèbre triste qui se lamente
et lentement se décolore au Jardin des Plantes
J'ai même connu l'homme qui prêtait sa voix pour l'horloge
parlante
mais un matin lavé de ma vie de mes livres
neuf comme une larme Adieu tour Eiffel
je reviendrai vers l'arbre aux sources du vivre
apprendre à chanter pour le vent

Et le vent m'apprendra les parfums de la plaine
et le vent m'apprendra les senteurs de l'été
Coquillages d'odeurs dans la brume incrustés
vous ne reviendrez plus aviver quelque peine
Non je n'ai plus soif et je laisse
cette vie d'ardoise et de pierre
couler couler
et déborder les verres

Tendresse

Mademoiselle prenez une lettre
Écrivez

Monsieur

Je regrette
de ne pouvoir être présent à la réunion du 17 courant,
mais je dois m'absenter de Paris, étant appelé d'urgence
appelé d'urgence

appelé là-bas

vers la plaine indéfinissable
là-bas où s'imprime au ciel calme
l'image de l'arbre
l'image de l'arbre
l'arbre
            l'arbre
                  l'arbre
                        Là-bas

AVENUE DE LA GARE

A
v'nue d'la Gare
y a
un tabac
qu'a
des cigares
du
Canada

Chez
ma grand-mère
tous
les mardis
on
fait des crêpes
tard
dans la nuit

et
les grenouilles
dans
le jardin
au
clair de lune

chantent
un refrain

Moi
dans ma chambre
les
yeux ouverts
près
de la lampe
j'a-
ttends l'hiver

j'a-
ttends la neige
et
le verglas
mais
ce n'est qu'un rêve
et
je suis là

Dans
la nuit chaude
les
chauves-souris
font
les idiotes…
Tout
est fini

Fi-
ni le rêve

fi-
ni l'hiver
fi-
ni la neige
qui
vole dans l'air

La
vie est bête
j'aime
pas l'été
j'aime
pas les crêpes
et
j'vais m'coucher

Dans
la toile fraîche
j'aime
être nue…
j'aime
les caresses
même
défendues

Non
j'n'ai pas honte
Il
fait si chaud !…
Des
voix qui montent
par-

lent trop haut

« A-
v'nue d'la Gare
di-
sent les voix
ya
des cigares
du
Canada… »

Moi
je m'en fiche
je
n'écoute pas
et
je me glisse
en-
tre les draps

Trois
heures sonnent…
mais
je n'dors pas
et
si je frissonne
c'n'est pas
de froid…

Qui vole un œuf,
ferait mieux de voler un bœuf.

Une 2 CV usagée
vaut mieux qu'une Rolls neuve
à condition qu'elle vienne de la droite.

Crever gros… crever maigre…
la différence est pour les porteurs.

CHANSON POUR JOB

Job tes amis ont claqué la porte
claqué la porte en s'en allant
Job tes amis t'ont laissé seul seul comme avant
et leurs mots durs se sont incrustés dans les murs blancs
Ils sont partis le Diable les emporte
Ils sont partis les emporte le vent

Tu vois maintenant partout c'est le silence
il pleut du silence il pleure du silence
et si tu n'as pas peur de la pluie de ces larmes
et si tu n'as pas peur du silence de l'âme
écoute Job les mille voix
autour des murs autour du toit
écoute Job autour de toi

Un souffle d'air
L'aile du vent
l'aile du temps
c'est un fantôme de caresse
Tu les as connus ces instants
pleins de soleil et de promesses
Alors qu'importe maintenant
qu'importe si c'est la détresse

qui revient sur l'aile du vent
Un pas sur le chemin
On passe là-bas sur la route
et chacun s'en va quelque part
mais ta misère est de celles qu'on ignore
plus un pas ne vient vers ton seuil

Un rai de soleil
Papillon de flamme
posé au plafond
oh Job où est le temps qu'un sourire de femme
éclairait tout dans ta maison

Des choses
Job
   Job
         Job où sont les rires
qui déferlaient au matin sous ton toit

Une cloche
Rappelle-toi rappelle-toi car c'est le pire
quand le souvenir même s'en va

D'autres choses
Job une main sur ton front
Le vin qui riait dans ton verre
Un peu de brume au bord de la rivière
Job une chanson

Un oiseau de nuages
Il y a du ciel compact, du ciel où l'on peut mordre
dans le blanc de l'aube le bleu du soir

Arc-en-ciel
Il y a de l'eau de soleil qui déborde
d'espoir

Tutti
Job tu avais tout et tu n'as plus rien
Dieu qui t'aimait t'a rendu le Mal pour le Bien

Tu es seul dans tes amours mortes
tes amis ont claqué la porte
et puisqu'au ciel indifférent et coutumier
meurent les ans meurent les jours meurent les heures
Job assieds-toi sur ton fumier

            et pleure

PLACE DES VOSGES

Sur la place des Vosges
un matin d'avril
le marchand d'oranges
passait en chantant

Les pigeons du square
dans les arbres bleus
regardaient les feuilles pousser sous le ciel
du printemps

et sous les arcades
d'un très vieil hôtel
une jeune fille
a rougi…

On entendait les cloches de Saint-Paul
et le pas d'un cheval
sur le pavé de grès
Mon Dieu comme l'air est léger
sur la place des Vosges !

Les façades roses
brillaient au soleil
le marchand d'oranges

s'était approché
de la jeune fille
pour lui demander
son cœur en dentelle tremblant sous le ciel
du printemps

et sur la palette
de Monsieur Dufy
la place des Vosges
chantait…

À NOËL

À Noël sous la neige
trois beaux princes s'en vont…
Une étoile les protège
conduisant le cortège…

Au fond de la nuit
tout au bout de leur voyage
dans un humble village
un nouveau-né attend la Vie…

À Noël sous la bise
trois beaux princes s'en vont…
Silhouettes indécises
comme trois ombres grises…

Du fond de l'Orient
par les neiges et par les sables
ces grands rois redoutables
se sont levés pour un enfant

À Noël dans les dunes
trois beaux princes s'en vont….
Sous la lune qui allume
les diamants de la brume…

Plus je connais les hommes
plus j'aime les femmes.

Qui aime bien ses lunettes
ménage sa montre.

Mortes maisons et maisons mortes
visages blancs évaporés
vers Dieu sait quels corps ignorés
qui donc pleure ainsi dans vos portes

Marteaux-lions mains de bronze terne
quels frissons défunts éveillés
viendront soudain émerveillés
frémir aux bornes des poternes

Couloirs verts d'ombre et de lumière
qui donc osera profaner
quel pas vos lourds parquets fanés
par des milliers d'années-poussière

et quelle main de quelle antienne
voudra cette harpe effleurer
cette harpe où revient pleurer
au vent quelque douleur ancienne

CASTELLARAS-LE-NEUF

à Jacques Couelle

Là-bas tu vois c'est la maison
secrète comme une main fermée
calme comme un œil clos
solide comme un front

La maison fraîche comme un sein
la maison chaude comme un ventre
et vivante
comme un cœur

LE SUPPLICE DE LA ROUE

Dans un garage, un soir, à cette heure où l'auto
Sommeille dans son box, les phares demi-clos
Cette heure où les bougies daignent enfin s'éteindre,
Où le piston fourbu s'endort dans son cylindre,
Les roues d'une D.S., qui souffraient d'insomnies
        Parlaient de leur mérite et de leur vie…
        L'une disait : « Que notre tâche est dure…
        Nous sommes le soutien de toute la voiture,
                Ah ! vraiment ce n'est
                pas une siné-
                cure…! »
Et les autres roues l'approuvaient
Avec un ensemble parfait…
« N'est-ce pas grâce à nous, dit une roue arrière,
Que sur les grands chemins, lorsque poudroie l'été,
Notre auto fait cette poussière
        Qui la fait tant remarquer ?… »
Et chaque autre roue l'approuvait
Avec un ensemble parfait…
« Et n'est-ce pas à nous, dit une roue avant,
        Que revient la tâche écrasante
D'éviter le trottoir, le piéton imprudent,
        De ne pas passer sur l'agent
        sans jamais rouler sur… la jante ?… »

Et les autres roues l'approuvaient
Avec un ensemble parfait...
« Et quand je pense, dit une autre,
Que, pendant ce temps,
Confortablement
La roue de secours se vautre
Et se promène à nos dépens !...

Cette rosse
La cinquième roue du carrosse
Pendant que nous avons le poids
Se contente d'avoir... la cosse !...

Voyons, mes sœurs, écoutez-moi
Répond la pauvre incriminée
J'ai une place que, ma foi,
Je n'avais jamais demandée...
Vous avez tort de m'être hostiles,
Car, dans le fond, je suis autant que vous utile ! »
« Ho... ho..., dit une roue pleine de suffisance
Rien n'est moins certain,
Mais nous en ferons l'expérience
Pas plus tard que demain matin... »

Et le lendemain, en effet,
La roue se dégonfla, exprès...

Le conducteur, avec une grimace,
La retira, et mit l'autre à la place...

Mais, alors, la roue de secours
Voulut montrer à ses consœurs peu charitables

Que sa présence était aussi indispensable,
Et se dégonfla, à son tour…
Puis elle dit : « Voyez-vous, mes amies
Que je n'avais pas tort de me prétendre utile,
Sans moi, l'auto n'est plus mobile !…
Et les autres roues, cramoisies,
En crevèrent, de jalousie…

Je pourrais bien, en vérité,
Faire sortir de cette fable
Un gros tas de moralités
Qui seraient morales en diable…
Cependant, je m'arrête ici,
Car les roues d'auto – Dieu merci –
Ne se sont jamais exprès dégonflées,
Et si elles lisaient ceci,
Ça pourrait bien un jour leur en donner l'idée !…

LES DEUX LIVREURS

Un matin, le livreur cycliste
dit au livreur motorisé :
« Voudriez-vous m'autoriser,
ça vous semblera fantaisiste,
à vous proposer, si ça vous intéresse,
de faire tous les deux, vous sur votre moto
et moi sur mon vélo ;
une course de vitesse… »

L'autre rigole tout son saoul
et lui répond : « Vous êtes fou !
prenez quatre grains d'ellébore… »
Mais le cycliste
insiste,
insiste encore,
si bien que le moto-livreur,
quoique trouvant la chose inepte,
pour y défendre son honneur,
accepte…

Le départ est donné… le cycliste s'esbigne,
pendant que sur la ligne,
son concurrent s'escrime en vain
pour que démarre son engin…

Il démonte le démarreur,
il graisse l'accélérateur,
décrasse le carburateur
et soufflotte dans le gicleur
en grognant des : zut ! et des : flûte !...
Enfin, au bout de vingt minutes,
la moto daigne démarrer...
L'autre aussitôt d'en profiter
pour partir à tombeau ouvert
et pour mener un train d'enfer
afin de rattraper les minutes perdues...
Le cycliste, pendant ce temps-là,
s'évertue
il se hâte avec lenteur...
et loin derrière lui, le livreur-à-moteur
pour donner de la vitesse
presse
sur son accélérateur...
Tout à coup, sans savoir comment,
il dérape à un tournant
et va s'empaler sur le bâton blanc
d'un agent...

Et là-bas, sur la route,
le cycliste, fourbu,
on s'en doute,
arrive le premier au but...

On peut donc, de cette aventure
conclure
que, même si l'on a un moteur sous les reins,
rien ne sert de courir, il faut partir à point...

Et cet axiome est véritable
même lorsqu'il s'agit de fables,
car, pour énoncer cette loi,
j'ai eu beau me hâter, faire feu des dix doigts…
… La Fontaine est quand même arrivé avant
moi !…

ÉTRANGER AU PARADIS

Prends ma main
Car je suis étranger ici
Perdu dans le pays bleu
Étranger au paradis

Et je sais qu'en chemin
Le danger dans un paradis
C'est de rencontrer un ange
Et qu'il vous sourie

Simple mortel
Je m'émerveille
Les yeux remplis d'étoiles
Et de fraîcheur
Comme un enfant
Qui se réveille
Je te retrouve
Alors je n'ai plus peur

Ne laisse surtout pas ma main
Ô bel ange qui me conduis
Déjà je me sens bien moins
Étranger au paradis

Et si tu veux bien de moi
L'étranger, dans ton paradis
Alors nous irons je crois
Plus loin que la vie…

GÉNÉRAL À VENDRE

De bon matin me suis levé, c'était dimanche
À la carriole j'ai attelé la jument blanche
Pour m'en aller au marché
Dans le chef-lieu du Comté
Paraît qu'y avait des généraux à vendre

Mais le soleil écrasait tant la route blanche
La jument s'arrêtait si souvent sous les branches
Que lorsque je fus rendu
On ne m'avait pas attendu
Et tous les généraux étaient vendus

Pourtant là-bas, tout au bout du champ de foire
Par un coup de chance, il en restait encore un
Il n'était pas couvert de gloire
Mais avec un peu de ripolin
Il pourrait faire encore très bien

Je l'ai échangé contre un cageot de pommes
pas mûres
Quatre choux-fleurs et une tartine de confiture
Tout ça pour un général
C'était déjà pas trop mal
Et puis je l'ai chargé dans la voiture

À la maison on m'a fait des reproches amers
Encore une fois, paraît que je m'étais laissé faire
Un général dans cet état
Ça valait beaucoup moins que ça
Mais puisque c'était fait tant pis pour moi

Et puis les gosses ont eu peur de sa moustache
Elle était rousse et ça les faisait pleurer
On la lui a coupée d'un côté
Mais le chien s'est mis à aboyer
Alors on lui a laissé l'autre moitié

Il fichait rien pour pas salir son beau costume
De temps en temps il épluchait quelques légumes
Ou réparait l'escabeau
Ou débouchait le lavabo
Mais il ne savait même pas jouer du piano

Pourtant certains soirs, certains soirs d'été
Le général s'asseyait sur la paille
Et les yeux perdus dans l'immensité
Il nous racontait ses batailles

Il nous parlait des Dardanelles
Quand il n'était que colonel
Et de la Campagne d'Orient
Quand il n'était que commandant
L'épopée napoléonienne
Quand il n'était que capitaine
Et puis la guerre de Cent Ans
Quand il n'était que lieutenant
Les croisades, les Pépin le Bref

Quand il n'était que sergent-chef
Et les éléphants d'Hannibal
Quand il n'était que caporal
Les Thermopyles, Léonidas
Quand il n'était que deuxième classe
Et Ramsès II, la Première Guerre
Quand sa mère était cantinière.

Et le général jusqu'au petit matin
Déroulait le fil de son immense histoire
Puis il s'endormait sur la botte de foin
Et nous, sans parler nous rêvions de gloire

Il est resté comme ça chez nous jusqu'à l'automne
Sans travailler, sans trouver la vie monotone
Ça nous a même étonnés
D'apprendre par le curé
Qu'il avait fait deux jumeaux à la bonne

Et puis voilà que par un beau matin de décembre
Il est entré sans même frapper dans ma chambre
Il venait de lire dans le journal
Qu'on le nommait Maréchal
Alors il nous quittait c'était fatal

Je l'ai ramené en carriole jusqu'à la ville
On m'a rendu mes choux-fleurs et mes cageots
Et sans émotion inutile
Sans pleurer, sans se dire un mot
On s'est quittés en vrais héros

À la maison la vie a repris sans aventures
Y'a plus personne pour nous faucher
nos confitures
Le général au bistrot
Avait planté un drapeau
Pour la patrie j'ai payé la facture !

Je ne suis plus jamais retourné au marché
Mais quelquefois dans le ciel de la nuit d'été
On voit briller cinq étoiles
Et ça nous fait un peu mal

Oh ! n'achetez jamais un général…

CAMPAGNE D'HIVER

I

Mélodie odorante des vernis du Japon
frémissante au milieu de la morne viduité des haies
et le léger brouillard indigo voilant comme une taie
tout cet alentour mort où le souvenir n'a plus de nom…

Branches désespérément qui déchirent la pâleur du ciel
allées de granit se fondant en argile par places…
Et la fierté – triste, un peu – des evergreens figés de glace
où le soleil vient esquisser un sourire de dégel…

Hiver au souffle sec, quand l'espace module un chant
secret
quand la colonne de mercure se rétracte en son logis de
verre
… Et le rythme gris des jours où monte de la terre
comme un brouillard… comme un espoir… comme
un regret…

II

Quatre corbeaux posés sur la
blancheur des sillons pleins de neige
viennent graver – do sol si la –
le plus incertain des solfèges.

Et ces quatre ombres sur la plaine
c'est le reflet qui vient danser
de ces quatre tristes pensées
dont la blancheur des jours est pleine :

l'inquiétude insupportable
et l'absence, et l'ennui des soirs…
… et puis la peur inexplicable
de ne jamais plus se revoir.

……………………………………………………

… Mais voici que vers quelque branche
se sont envolés les corbeaux…
Alors la plaine est blanche… blanche…

… et nous nous reverrons bientôt.

Dis-moi qui tu fréquentes,
je te dirai qui tu hais.

Ne faites pas à autrui
ce que vous pouvez faire le jour même.

Toi qui vas revoir ma campagne,
toi qui vas revoir ma maison
mon village et son horizon,
toutes mes pensées t'accompagnent...

c'est à toi que le paysage
sourira ce soir... Et demain,
tous les grands arbres du chemin
chuchoteront sur ton passage...

Mais si les gens, dans la grand'rue
semblent te toiser du regard,
dis-leur que tu viens de ma part...
et tu seras la bienvenue.

Salue pour moi monsieur le Maire
salue l'église... et le facteur,
et fais aussi, quand le jour meurt
une visite au cimetière...

Et puis quand – trop tôt à ta guise –
sonnera l'heure du retour
sur les côteaux va faire un tour,
et rapporte dans ta valise...

... la douce odeur des bois, l'odeur des foins
humides,

ramène dans ton cœur la chanson des genêts,
ramène dans tes yeux le bleu du ciel limpide…
… Mais ramène surtout du beurre… et des œufs
frais

IMPIE… Ô ! IMPIE…

(Sonnet abstrait)

Lorsque de son soleil s'obombre la ciguë
Et que, par les foyers qu'irrite le scorbut
Tel un ci-devant dard dont s'irradie le but,
Celui que n'attend nul plante la besaiguë…

Alors, dans sa pâleur presque plus qu'exiguë
Cet indéterminé triplement Belzébuth
Orne comme un autel le lointain sinciput
De même que César, en son malheur, arguë…

Et le feu qui couvait sous le madapolam
Ourle son noir zircon qu'obstrue le macadam
Alors que l'Écrasé pose sur le piédouche…

Mais, tandis qu'en ses flots coupe un bateau d'onyx
Le Poète a plongé sa raison dans le Styx
Et dans son désespoir il appelle la douche…

SAINT-SULPICE

Je hais les tours de Saint-Sulpice
Quand par hasard je les rencontre
Je pisse
Contre…

Raoul Ponchon

Rendez-vous consacré du Tout-Paris fossile
On peut y voir, parmi les asthmes et les toux
De vieux messieurs, pelés comme des marabouts
Ou d'antiques momies dont la base vacille…

Mais, malgré leur catarrhe et leur colibacille,
Tous ces rhumatisants imprégnés de cachou
Étayés par leur canne à bout de caoutchouc,
À l'ombre des deux tours tiennent un pieux concile…

Et, quand sonne midi, ils partent lentement
Après avoir, dans la casquette du mendiant
Déposé un bouton, par pur esprit de lucre

Puis ils vont admirer, d'un œil cadavéreux,
Trônant dans la vitrine aux carreaux poussiéreux
Des Jésus de saindoux et des Vierges en sucre…

Un mauvais mariage
vaut mieux qu'un bon procès.

Qui rit vendredi
boira quarante jours plus tard.

ÇA TOURNE PAS ROND

On vient de renvoyer la bonne
Paraît qu'elle volait des sous à maman
Elle a pleuré comme une folle
Crié que c'est injuste et fait des serments
C'est moi qui ai dit qui l'avait vue
Naturellement tout le monde m'a cru
C'est pas vrai mais ça fait plaisir
Je sais pas ce que j'ai j'aime bien mentir

Ça tourne pas rond dans ma petite tête
Des fois j'ai des drôles
D'idées
C'est pas ma faute mais quand je m'embête
Faut que je fasse des
Bêtises

J'aime bien casser deux trois vitres
Et faire croire après que c'est les courants d'air
Avec une fourchette à huîtres
J'ai crevé un œil au chat de ma grand-mère
Quand je suis tout seul je dis des gros mots
Et je vide des bouteilles de porto
Je regarde dans les livres défendus
Les photos des belles dames toutes nues

Ça tourne pas rond dans ma petite tête
Des fois j'ai des drôles
D'idées
C'est pas ma faute, mais quand je m'embête
Faut que je fasse des
Bêtises

Paraît qu'avec de la poigne
On peut me corriger a dit le docteur
Faudrait que j'aille à la campagne
Moi ça me plairait bien, j'aime tellement les fleurs
Pour leur arracher les pétales
Je sais pas ce que j'ai j'aime bien faire mal
Depuis que mon petit frère s'est noyé
Et qu'on a dit que je l'ai poussé

Ça ne tourne pas rond dans ma petite tête
Des fois j'ai des drôles
D'idées
C'est pas ma faute mais quand je m'embête
Faut que je fasse des
Conneries

FAUX PAS

Quand on fait un faux pas,
Faut pas… faut pas…
Faut pas le regretter.
Ce qui s'est passé là,
C'est la… c'est la…
C'est la faute à l'été.

Le plaisir de céder
Céder… céder…
C'est déjà merveilleux
Ceux qui disent que c'est laid,
C'est les… c'est les,
C'est les plus malheureux.

Cueillir en souriant les mille fleurs,
Les mille brins des bouquets du bonheur,
C'est un jeu d'enfant… viens sur mon cœur,
Dis-moi surtout de ne plus avoir peur…

Et nous moquant déjà
Déjà… déjà…
Des jaloux irrités,
Puisqu'on fait un faux pas,
Faut pas… faut pas…
Faut pas le regretter !

Pour m'empêcher d'aimer
D'aimer… d'aimer…
Des méchants nous font peur
Ces gens qui nous séparent
C'est par… c'est par…
C'est par goût du malheur…

Ceux qui ont passé l'heure,
C'est leur… c'est leur…
C'est leur faute au départ,
Car, même quand il neige,
Il neige… il neige…
Il n'est jamais trop tard !

Il est toujours temps d'ouvrir son cœur
Au grand soleil éclatant de chaleur.
Il est toujours temps de goûter la douceur
D'un bel amour fait de rires et de pleurs.

Cet instant qu'on attend
A tant… a tant…
A tant de volupté
Que le premier faux pas,
Faux pas… faut pas…
Faut pas le regretter.

LA VIEILLE ANGLAISE

La vieille Anglaise est triste
Elle a perdu au casino
Pour elle plus rien n'existe
Fallait pas jouer le zéro

Les fiacres avec leurs coussins blancs
Passent près d'elle lentement
Mais elle n'a plus d'argent

La vieille Anglaise est lasse
Elle rentre à pied à son hôtel
Là-bas la chance passe
On continue sans elle

Dans la chambre bleue, parmi les broderies
La vieille Anglaise s'ennuie
Elle songe à son pays
À ses gazons fleuris
Qu'elle a quittés jadis
Pour lui qu'elle aimait trop
Pour lui qui l'aimait moins
Moins que le casino

Et qui a tant gagné en jouant sur le zéro
Et puis qui l'a laissée
Seule, à Monte-Carlo

La vieille Anglaise est triste
Elle va chercher dans un tiroir
Sous les chemises de batiste
Un petit revolver noir

Maintenant elle n'a plus qu'une idée
Ce revolver, il faut aller
Le mettre au mont de piété

La vieille Anglaise est folle
Elle est retournée au casino
Sans dire une parole
Elle a joué le zéro

La roue est partie
Elle tourne comme la vie
La vieille Anglaise sourit
Elle songe à son pays
À ses gazons fleuris
Qu'elle reverra bientôt
Dès qu'elle aura gagné
L'argent pour le bateau
Si le sort veut l'aider

Le zéro est sorti
Elle a tout emporté
Mais près de la sortie
On l'a vue s'écrouler

La vieille Anglaise est morte
Good bye, bonsoir et rien ne va plus
là-bas derrière les portes
la partie
continue…

PARIS-TROPIC

Je passais en chantant sur le pont Alexandre
L'air du matin avait des senteurs de coriandre

Un dromadaire blanc d'un pas désabusé
S'éloignait lentement vers les Champs-Alizés

Des otaries aux corps noirs comme de l'ébène
Faisaient mille plongeons dans les eaux de la Seine

Et dans les grands palmiers le long du quai d'Orsay
Des singes bleus et or en voltigeant dansaient

La mousson se leva le ciel devint de bronze
Soudain parut un bus ligne 91

Une autruche en habit et coiffée d'un gibus
D'un geste dédaigneux arrêta l'autobus

Elle dit en montant et je l'ai entendue
Car elle avait la voix très forte et très pointue :
« Oh can't you take me please to the Park
Montsouris ? »

Décidément Paris sera toujours Paris !

LEÇON DE TIR

Ne tirez pas sur le pianiste
Tirez donc sur la queue du chat
Nulle mélodie n'est plus triste
Qu'une agonie en cha-cha-cha

Ne tirez pas trop sur la corde
Surtout si c'est celle d'un pendu
Quand un pendu se désaccorde
Ça donne des sons inattendus

Tirez plutôt la bobinette
Et la chevillette cherra
Tirez des plans sur la comète
Il arrivera ce qui arrivera

Ou tirez à la courte paille
Ou tirez les larmes des yeux
Tirez des grives tirez des cailles
Tirez le diable par la queue

Tirez les rois tirez les cartes
Tirez vingt et un coups de canon
Et s'il n'y en a que vingt qui partent
Tirez vous-même...
La conclusion

VOYAGE SUR VÉNUS

Je t'ai promis de t'emmener
Dans ma fusée, te promener
À la recherche d'autres mondes
Nous y voici et pour longtemps
Mais nous aimerons-nous autant
À vingt-cinq mille mètres seconde ?
On s'est promis de ne pas se quitter
Mais il y a la promiscuité
Qu'il faut supporter sans se plaindre.
Oui, j'ai la place pour deux cœurs,
Mais peut-on vivre un grand bonheur
Dans un aussi petit cylindre ?

La pesanteur n'existe plus
Nous voltigeons comme des fétus
Dans d'invraisemblables postures
Ça n'est déjà plus comme avant
Je te retrouve trop souvent
Assise en plein sur ma figure !
J'aimais te caresser les doigts
Ta main blanche était tout pour moi
Ton pied, ça n'est pas la même chose
Il va falloir s'aimer beaucoup
Car un baiser sur le genou
Me donne bien des ecchymoses.

Ferme les volets du hublot
Cette lueur qui entre à flots
Et qui nous brûle les paupières
C'est le clair de lune charmant
Qui nous enchantait tellement
Lorsque nous nous aimions sur terre.
Regarde-le l'astre des nuits
Mais oui, mon amour, c'est bien lui
Rongé de pustules et de glace
Comme un clown blanc décomposé
Dont les boutons ont explosé
Dans une dernière grimace.

Je suis hirsute et mal rasé
Toi, tu n'as plus ton teint rosé
Et tu fais bien plus que ton âge
J'en viens même à me demander
Si ce qui me faisait t'aimer
Ça n'était pas ton maquillage
Voilà trois mois que nous voguons
Dans ce minuscule wagon
C'est déjà bien trop pour deux êtres
Qui rêvaient d'amour infini
Et qui au fond n'ont réussi
Hélas, qu'à trop bien se connaître.

Ça y est nous approchons du but
La pesanteur est revenue
Nous voici comme avant moins lestes
Dans un instant le terminus
Nous débarquerons sur Vénus

Mais c'est trop tard on se déteste !...

MISÈRE QUE TOUT CELA

Ah non !… Y'a point d'bon Dieu pour ceuss'qui sont
sur terre
On n'yeu fait jamais ren comme y voudraient qu'ce sot…
V'la ben deux jours deux nuits qu'y pleut à plein's gouttières,
C'est point bon pour la vign'… ni pour el lumbago !…
Avec ene pareill'boue on n'peut ren fair'qui vâille,
Dès qu'on met l'pied dehiors on tripe dans l'patouillâs,
Et dans c't'humidité, y'a que l'bois qui travaille !
Ah… misèr que tout c'la !

Et par-dessus l'marché, voilà t'y pas qu'les bêtes
À s'mett'nt à êt'malad's tout comm'si c'étaient des gens !
Y'a des mois – cré vingt dieux ! – on en perd trois, quat'têtes
Et j'y perdrai la mienn', si ça dur'pus longtemps !…
C'est-y pas en'pitié d'vouèr des bét's ben sognées
Qui attrapent el charbon – paraît qu'ça s'nomm comm'ça
Quand nous on n'en'a point à mett'dans la ch'minée !
Ah… misèr que tout c'la !

Si y'avait'cor'que ça, mais on n'a point d'fortune !…
On avait queuqu'gros sous qu'on avait mis d'côté,
Et dam', c'est point ben drôle ed vouèr son p'tit pécune
Qui s'en va peu à peu sans qu'on aye ren ach'té…
Pasque, pas, faut c'qu'y faut, et mêm'qu'on aye point d'rente

Y faut ben s'sustenter, nourrir son estomac…
Mais tant plus qu'on gagn'moins, plus qu'le vin rouge augmente
Ah… misèr que tout c'la !

Et c'qu'est ben pir'que tout, c'est not'gars, qui s'emmerde
À défende el pays, dans je n'sais quel pays
Et si, bon Dieu d'malheur, y fallait qu'ça nous l'perde,
J'cré ben qu'la vieille et moi, on s'en irait aussi…
Pasque, quand on est vieux, qu'on a vu les deux autes
Ça vous fait l'cœur ben lourd ed vouèr tous ces p'tits gars
Qui chant'nt en rigolant : « La mont'ras-tu, la côte ?…
Ah… misèr que tout c'la !

On a pourtant ben fait tout c'qu'y fâllait qu'on fâsse
On a pourtant prié l'Bon Dieu ben chrétienn'ment…
Mais j'cré ben qu'jusqu'au jour où qu'on s'ra dans la fosse,
On n'aura jamais eu un seul brin d'content'ment…
J'vous dis : Y'a point d'Bon Dieu pour ceuss'qui sont sur terre
Enfin… ça n'sert de ren de s'plaind'comme j'fais là…
Et tiens… pour m'consoler, j'm'en vas bouér un p'tit verre !…
Ah… misèr'que tout c'la !

LA TRUITE DE SCHUBERT

Elle était jeune fille,
Sortait tout droit de son couvent,
Innocente et gentille,
Qui n'avait pas seize ans.

Le jeudi, jour de visite
Elle venait chez ma mère
Et elle nous chantait la Truite,
La Truite de Schubert.

Un soir de grand orage,
Elle dut coucher à la maison,
Or, malgré son jeune âge,
Elle avait de l'obstination.

Et, pendant trois heures de suite
Au milieu des éclairs,
Elle nous a joué la Truite,
La Truite de Schubert.

On lui donna ma chambre.
Moi, je couchai dans le salon.
Mais je crus bien comprendre
Que ça ne serait pas long.

En effet elle revint bien vite,
Pieds nus dans les courants d'air,
Pour me jouer la Truite,
La Truite de Schubert.
Ce fut un beau solfège,
Pizzicati coquins
Accords, trémolos et arpèges,
Fantaisies à quatre mains.

Mais à l'instant où tout s'agite,
Sous l'ardent aiguillon de la chair,
Elle fredonnait la Truite,
La Truite de Schubert.

Je lui dis : « Gabrielle,
Enfin, comprenez mon émoi,
Il faut être fidèle :
Ce sera Schubert ou moi ! »

C'est alors que je compris bien vite,
En lisant dans ses yeux pervers,
Qu'elle me réclamait la suite,
La suite du concert.

Six mois après l'orage,
Nous fûmes dans une situation
Telle que le mariage
Était la seule solution...

Mais avec un air insolite,
Au lieu de dire « oui » au Maire,
Elle lui a chanté la Truite,
La Truite de Schubert.

C'est fou ce que nous fîmes
Contre cette obsession,
On mit Gabrielle au régime
Lui supprimant le poisson,

Mais, par une journée maudite,
Dans le vent l'orage et les éclairs
Elle mit au monde une truite,
Qu'elle baptisa « Schubert ».

À présent je vis seul, tout seul dans ma demeure.
Gabrielle est partie et n'a plus sa raison.
Dans sa chambre au Touquet elle reste des heures
Devant un grand bocal où frétille un poisson.

Et moi, j'ai dit à Marguerite,
Qui est ma vieille cuisinière :
« Ne me servez plus jamais de Truite
Ça me donne de l'urticaire ! »

LES CLOCHES DE LISBONNE

Les cloches de Lisbonne
Au matin quand c'est dimanche
Se souviennent encore
En voyant les voiles blanches
Qu'elles sonnaient autrefois
Quand un marin du Roi
Quittait la rade immense
Et que les larmes aux yeux
Il entendait l'adieu
Des cloches de Lisbonne

Les barques dans le port
Font des rêves de caravelles
Un jeune matelot
Les yeux clos sourit aux anges
Il voit le drapeau d'or
Des vieux conquistadors
Le frôler de son aile
La grand-voile frissonne
Et c'est pour lui que sonnent
Les cloches de Lisbonne

Les pigeons bleus des églises
Nichés aux creux des clochers

Soudain se sont réveillés
Et vont tournoyer
Dans les pierres grises
Sous le ciel clair et tranquille,
D'un beau printemps portugais
La chanson des campaniles
Montant sur la ville
Fait comme un bouquet

Les cloches de Lisbonne
Au matin quand c'est dimanche
Se souviennent encore
En voyant les voiles blanches
Qu'elles sonnaient autrefois
Quand un marin du Roi
Rapportait dans ses cales
Des horizons nouveaux
Salué par l'écho
Des cloches de Lisbonne

Le jeune matelot
Les yeux clos sourit encore
Il voit le Roi, la Cour
Les velours multicolores
Une Infante aux yeux noirs
Lui paye d'un regard
Les mondes qu'il apporte…
Sa tête tourbillonne
Et c'est pour lui que sonnent
Les cloches de Lisbonne

TOI QUE VOILÀ

J'ai tout donné au soleil
sauf mon ombre...
Guillaume Apollinaire

Laisse couler le temps sous les doigts de l'horloge...
J'ai bu l'oubli dans un verre brisé...
Le lustre semble un grand chagrin cristallisé
et l'heure – ô l'heure!... – est un miroir qui m'interroge...

Chaque date est un anniversaire oublié
et – souvent sans que tu le saches –
au creux de chaque jour se cache
un souvenir... presque un regret
si n'est brisé le lien secret
par lequel tout à tout s'attache...

Et c'est par vagues que revient
l'image des hiers si proches... si lointains!

Le nez collé à la fenêtre
tu regardes tomber la neige...
Tout autour montent les maisons...
Te voilà marchant à tâtons
dans les souterrains du collège...

Je te retrouve même
dans l'arrière-salle d'un bistrot
(le dôme Saint-Paul… te souviens-tu ?…)
pendant la classe de philo,
tu manges des croissants avec un café crème…
et Claude, qui veut être avocat, te parle en son langage
des droits contractuels issus du mariage…

Dans un auditorium où luisent des « silence »
te voilà devant un micro qui broie tes mots et qui les
lance
aux quatre vents de la France…

Puis par un matin de fin août
quelqu'un que tu aimais bien sans le savoir, est mort
tout à coup…
Un soir d'été, tu quittes toutes les choses familières…
À l'horizon, une mitrailleuse s'exaspère…
Et le pays se plie en deux comme une porte à glissière
Te voilà filant à soixante à l'heure derrière un camion
où rient des aviateurs qui n'ont plus leurs avions…
Ils mangent du jambon rose comme l'aurore.
En trombe on traversait Rabastens-de-Bigorre…

Tu as laissé dans un vallon de la Dordogne un peu
de ton espoir, de ton sourire… Il pleut…
Un autogire t'a sauvé la vie près de Périgueux.

Te voilà rédacteur d'un journal comme il faut
où les linotypistes ont tous un pied bot –
et chaque jour, ciseaux en main, vers midi
tu fais de la dentelle avec les quotidiens de Paris…

Et le temps passe… ton destin
se joue sur les rythmes d'automobiles ou de trains…

… et puis, volant partout comme des papillons
de flamme,
tous ces regards tendres de filles femmes…
Qu'ils soient rieurs ou tristes,
gais ou mélancoliques,

ce sont les reflets des instants
qui sont gravés tout entiers dans le temps…
Quels qu'ils soient, ne les renie à aucun moment
car tous ces souvenirs ne te trahiront jamais…
Ils seront toujours là comme ils étaient…

… et même celui-là… ce regard presque bleu
ces cheveux presque blonds, ce rire presque triste…
comme un roman mort-né qui se mélancolise,
tout cela a la douceur des espoirs pas tout à fait perdus…
et c'est tout ce qu'on demande aux reflets des miroirs…

Le souvenir, ce n'est qu'un regret apaisé
qui vient flotter comme un parfum de sauge…

Laisse couler le temps sous les doigts de l'horloge…

J'ai bu l'oubli dans un verre brisé…

La caravane passe…
les aigris restent.

Une hirondelle ne fait pas le moine.

ON LES AURA!

mai 1952

Regarde, regarde
regarde bien petit
sur la façade
de la gendarmerie

ces belles affiches
qui crient à pleine voix
Jeune homme jeune homme
jeune homme engage-toi

> Songe au plaisir d'aller cueillir la Gloire
> quand elle fleurit dans les pays lointains
> Songe à la joie de ramener la Victoire
> et de chanter avec tous tes copains :

On les aura ! On les aura !
On fera pleurer leurs femmes et leurs mères
et ça coûtera c'que ça coûtera
mais nom de Dieu les salauds on les aura !

Et toi gentil soldat
t'auras toujours cet air aux lèvres
en attendant la Croix des Fièvres
et la Médaille du Choléra

Regarde regarde
regarde bien petit
comment les braves
se servent d'un fusil

Tu vises tu tires
tu fais comme les copains
Si t'as de la chance
ça tuera bien quelqu'un

Songe au plaisir d'apporter l'Espérance
à tous ceux qui seront encor vivants
Écoute au loin rouler les ambulances
et tes copains qui chantent comme avant :

On les aura ! On les aura !
On fera pleurer leurs femmes et leurs mères
et ça coûtera c'que ça coûtera
mais nom de Dieu les salauds on les aura !

Mais toi, gentil soldat
tu ne verras pas pleurer leurs mères
t'auras le nez dans la poussière
et tes copains ne seront plus là

Tu seras couché gentil soldat
dans le sillon de la rizière
et, les yeux blancs tout pleins de terre
Cette fois c'est toi qui les auras !

CHANSON ENFANTINE

Dans le champ de marguerites
m'en allant me promener
derrière un buisson de myrte
j'ai trouvé un macchabée

Rendez rendez les cadavres
à ceux qui les ont trouvés

C'était le corps d'un jeune homme
il avait les yeux ouverts
avec l'air étonné comme
s'il découvrait l'univers

Rendez rendez les cadavres
à qui les a découverts

Passa la journée entière
et le soir après dîner
j'en ai parlé à ma mère
qui eut l'air très étonné

Rendez rendez les cadavres
à ceux qui les ont trouvés

Dans la nuit quand l'aube approche
j'ai vu Mère s'éloigner
avec la bêche et la pioche
qui servent au jardinier
mon Dieu que la Mort est simple
et que la vie est compliquée

Le lendemain plus de traces
mais (comment se l'expliquer ?)
aucun vagabond ne passe
plus jamais dans le quartier

Rendez rendez les cadavres
à ceux qui les ont trouvés

Depuis s'est tassée la terre
et dessus l'herbe a poussé…
Quand naquit mon petit frère
tout était presque oublié

Faut-il toujours un cadavre
pour que vienne un nouveau-né ?…

PAVANE POUR UNE INFANTE DÉFUNTE

d'après Maurice Ravel

Les volets sont clos au Palais-Royal
Pleurent les jets d'eau
dans les allées sans échos
des jardins de l'Escorial

Oh la terre est froide
au printemps
pour y dormir…

Au fond de la demeure
un roi triste qui pleure
Des femmes endeuillées
agenouillées

Le vent comme une plainte
des flammes presque éteintes
des roses qui se fanent
une pavane…

Elle ne viendra plus la rose à la main
seule, la tête nue
écouter le chant perdu
d'un oiseau dans le matin

Oh la terre est froide
au printemps
pour y dormir…

Dans toute l'Espagne
les gens des campagnes
et ceux des montagnes
l'aimaient

et puis la Mort passe
qui fauche la grâce
Adieu plus de traces
jamais…. jamais

Les volets sont clos au Palais-Royal
Pleurent les jets d'eau
dans les allées sans échos
des jardins de l'Escorial

Oh la terre est froide
au printemps
pour y dormir

pour y dormir…

JARDIN

Dans mon jardin y'a moins de fleurs
que dans celui du Gouverneur
    mais le ruisseau est plus clair
    les oiseaux plus gais qu'ailleurs
et dans l'ombre bleue des lauriers le sommeil est
meilleur

Dans mon jardin on fait l'amour
en remerciant le soleil
    et la tête renversée
    dans l'herbe douce à toucher
on écoute battre son cœur
on s'endort et on meurt…

Quand on s'éveille après l'amour
c'est déjà la chute du jour
    on n'entend plus que le bruit
    des insectes de la nuit
et le parfum des magnolias se fait un peu plus lourd

Et l'on revient vers la maison
mon jardin est plein de chansons
    Mais parfois lorsque tout dort
    et que le vent vient du nord
on entend le bruit de vos pleurs
Monsieur le Gouverneur…

LE CONCOMBRE

On a pressé sur le bouton
et tout est parti en fumée
Ils ont grillé les beaux moutons
sur le feu qu'ils ont allumé

Avec ce bruit ébouriffant
dont on fait la chair à saucisse
on a tiré pour les enfants
le dernier grand feu d'artifice

Et dans les décombres
il ne reste qu'un concombre
Concombre irréel
Concombre éternel
dressé comme une ombre
vers le ciel

Le Saint-Père dans son Vatican
le Saint-Fils dans son Élysée
nous préparaient chacun pourtant
un beau discours pasteurisé

Il était question de Patrie
de Vie humaine et de Pilule…
Le grand éclair blanc a jailli
tout sombre dans le ridicule

Et dans les décombres
il ne reste qu'un concombre
Concombre irréel
Concombre éternel
dressé comme une ombre
vers le ciel

Et le bon Dieu de son balcon
voyant monter de gros nuages
verse une larme sur ces cons
qu'il a créés à son image

Deux cent mille années d'Idéal
deux cent mille tonnes de prières
et voici que les cathédrales
ne sont plus que des tas de pierre

Et dans les décombres
il ne reste qu'un concombre
Concombre éternel
dressé vers le ciel
dernier cri d'un monde

qui appelle…

LES DEUX MOUTONS

(Fable)

Deux moutons paissaient dans un chemin creux
lorsqu'un promeneur s'avança vers eux.
Il allait à pas lents, l'air d'un enfant qu'on berce
car il disait des vers de Monsieur Saint-John Perse.

À la vue de ce passant
qui leur semblait angoissant
les moutons s'enfuirent
redoutant le pire…

Et le promeneur continua de lire.

Ils coururent longtemps
ne sachant
de quel côté se diriger
lorsque parut pour les venger
leur berger.

Guillot, calmant leur émotion
les prit sous sa protection
et tous trois rentrèrent à la maison.

Mais trois mois plus tard à peine
vous auriez pu voir la fille de Guillot
une enfant de seize ans, qui filait de la laine
en mangeant un gigot…

Sommes-nous pas un peu semblables aux moutons ?
Nous fuyons celui qui simplement nous dérange
pour courir dans les bras de celui qui nous tond
et nous mange !…

PRÈS DE VOUS VIRGINIE…

Quand je vous ai connue
vous aviez les bras blancs
et cet air ingénu
qui m'impressionnait tant

Un côté provincial
qui vous allait si bien
Des blue-jeans un peu sales
encor plus que les miens

Près de vous Virginie je me sentais à l'aise
alors vous m'avez dit : « Je vous trouve très doux
pourtant il y a peu de garçons qui me plaisent… »
Moi, depuis cet instant je pouvais croire à tout…

Je vous ai emmenée
à l'auberge du bois
Et vers minuit passé
on est rentré chez moi

Nous avons écouté
mes disques de Mozart
Je vous ai raconté
ma vie et mes espoirs

Près de vous Virginie je me sentais à l'aise
Alors vous m'avez dit, vos beaux yeux dans
les miens :
« Maintenant assez causé, à quelle heure est-ce
qu'on baise ? »

Moi depuis cet instant, je ne crois plus à rien !

SUR UN TABLEAU DE WINSBERG

Winterhalter le sage et Carolus Duran
Ingres le bien-pensant, déconcertés se taisent
Ne sachant pas d'où vient cette couleur de braise
Sombre et qui traîne encor la lourde odeur du sang.
Beuglant sa mort, le noir taureau agonisant
Écrasé de soleil au cœur de la fournaise
Relève un peu la tête, et sursaute, et s'affaisse…
Géant de marbre sourd qui meurt comme un enfant.

LES BOÎTES À MUSIQUE

Les boîtes à musique
sont des mécaniques
un peu fantastiques,
magiques et mystiques,
tantôt sarcastiques,
avec un rien d'ingénu.

Elles ont des musiques
caractéristiques,
des airs ironiques,
aristocratiques
qui vous communiquent
l'émoi romantique,
parfums des ans révolus.

Ah ! dansez Marquise !
Ah ! Marquis dansez
la gavotte exquise
du temps passé...

D'abord la danse,
puis la romance
et l'insouciance,
la défaillance...

Voici que s'ouvrent des bras de faïence
sur des dentelles d'Italie.

Les boucles blondes,
les tailles rondes
qui se confondent
sous les rotondes...
on se retrouve dans un autre monde
parmi les brumes de l'oubli.

Rubans et cravates
aux tons écarlates,
charmants diplomates
bretteurs et pirates,
dames délicates,
beautés que l'on flatte
dans les bosquets de Marly.

Mais ces acrobates,
ces aristocrates
n'ont pas d'omoplates,
de cœur ni de rate
car les automates
ne sont que des boîtes
des roues, des fils, des poulies!...

Frêle mécanique
qu'il faut remonter
la boîte à musique
va s'arrêter

Les boîtes à musique
sont des mécaniques,
un peu fantastiques,
magiques et mystiques ;
mais les automates
ne sont que des boîtes
des roues, des fils, des poulies…

Ils vécurent heureux…
et ils eurent l'eau courante.

Collection Jean-Marie Blanche.

Francis Blanche à 53 ans.

Collection Jean-Marie Blanche.

Francis Blanche à 20 ans.

BIOGRAPHIE

1921 – Naissance de Francis Blanche à Paris, le 20 juillet. Fils unique de Louis Blanche (né en 1883, artiste dramatique et fils d'acteur, a débuté au théâtre chez Antoine, et au cinéma, avec Max Linder et Rigadin) et de Germaine Petit.
Habite avec ses parents, près de la Gare de l'Est.

1929 – Ses parents se séparent.

1929-1936 – Fréquente assidûment le théâtre, notamment la Comédie-Française.
Passe ses vacances estivales en Bretagne.

1932 – Études brillantes, mais dissipées. En pension aux lycées Michelet, puis Charlemagne. Grand lecteur, doté d'une excellente mémoire.
À l'âge de 11 ans, va remettre à Pierre Dac (de trente ans son aîné !), chroniqueur radio au Poste Parisien, un manuscrit, *Crème de pistache*. Douze ans plus tard, ils travailleront ensemble.

1937 – Passe son baccalauréat à l'âge de 16 ans.

1938 – Cabaret : débute au Rendez-vous, proche des Champs-Élysées, à Paris.
Vole des livres, notamment au Bon Marché.
Suit des cours de théâtre avec Catherine Fonteney.

1939 – Se réfugie en Normandie, dans le Calvados.

1940 – Cabaret : engagement au Triolet, dirigé par le comédien Jean Rigaux.
Descend en vélo à Tarbes.
Rédige des articles pour *Le Semeur des Hautes-Pyrénées.*
Rencontre Édith Fontaine, actrice et chanteuse.

1942 – Doit se cacher afin d'échapper au STO.
Premières chansons avec Gérard Calvi, Henri Leca et Charles Trenet (rencontre poétique des deux hommes).
Au fil de sa vie, il écrira 676 chansons et sera chanté par de prestigieux interprètes : Édith Piaf (dont il sera l'ami et qui interprétera « Le Prisonnier de la tour », sur une musique de Gérard Calvi), Tino Rossi, les Compagnons de la chanson, les Quatre Barbus, Serge Reggiani, Juliette Gréco, Odette Laure, les Frères Jacques, Luis Mariano, etc.
Cinéma : débute, grâce à Charles Trenet, dans *Frédérica,* de Jean Boyer, avec Charles Trenet.
Chanson : écrit « Débit de lait, débit de l'eau », avec Charles Trenet.
En trente ans, il participera à plus de 120 films.

1943 – État dépressif et prise de poids, suite à la perte de l'enfant qu'attendait Édith Fontaine.

1944 – Se marie avec Édith Fontaine.
Radio : animateur à la Radio de Rennes (libérée) ; chargé

de la réorganisation de la station par les Forces Françaises Libres.
Adapte en français de nombreux « tubes » espagnols et américains.

1945 – Le couple habite au 19 rue de la Félicité, à Paris.
Radio : réalise sa première émission, *Sans rime ni raison*, avec Pierre Cour, Bourvil et Pierre Grimblat.
Rencontre le pianiste, compositeur et metteur en onde Pierre Arnaud de Chassy Poulay, qui participera à toutes ses créations radiophoniques.

1946 – Présente Édith Piaf à Charles Aznavour.
Achète une maison surplombant la Méditerranée, au sommet de Èze.
Fait de la plongée sous-marine.
Radio : travaille pour Radio Monte-Carlo.
Réalise ses premiers canulars radiotéléphoniques.
Commence à bien gagner sa vie.

1947 – Télévision : premier passage sur le petit écran, dans *Music Hall de Paris* (Actualités françaises).
Participera, au long de sa vie, à une cinquantaine d'émissions de variétés télévisées.

1948 – Théâtre : *Branquignol* (auteur), début d'une collaboration fructueuse avec le metteur en scène Robert Dhéry (Théâtre La Bruyère).
Cinéma : *L'assassin est à l'écoute* (scénariste et dialoguiste avec Pierre Cour, et également acteur), de Raoul André, avec Pierre Cour, Marguerite Moreno, Louise Carletti et Louis Blanche.

1949 – Cinéma : *Tire-au-flanc,* de Fernand Rivers, avec Maurice Baquet.
Théâtre : triomphe de *Branquignol* (de 1949 à 1950).
Radio : *Branquignol,* avec Robert Dhéry et Gérard Calvi.

1950 – Lancement du journal *L'Os à moelle,* avec Pierre Dac.
Théâtre : *Sans issue* (auteur avec Pierre Dac), avec Robert Lamoureux, Darry Cowl et Maurice Biraud (Théâtre des Trois Baudets). Grand succès public. La pièce sera jouée près de huit cents fois.
Début d'une longue et fructueuse amitié avec Pierre Dac.
Cinéma : *Un curieux cas d'amnésie,* coréalisateur avec Pierre Dac (court métrage). *Ils ont 20 ans,* de René Delacroix.
Radio : *Le Parti d'en rire,* avec Pierre Dac.
Ballet : *Septuor,* dont il écrit l'argument (Opéra de Paris).
Chanson : Barbara interprète « Les Dames de la poste ».

1951 – Radio : nombreuses émissions, dont *Malheur aux Barbus !, Les Aventures de Furax* (Radio française).
Cinéma : *Une fille à croquer* (auteur et acteur), de Raoul André, avec Gaby Morlay, Serge Reggiani, Louise Carletti, Édith Fontaine et Pierre Dac.
Rencontre Léo Ferré au cabaret L'Arlequin.
Chanson : « La Pince à linge », créée par les Quatre Barbus.

1952 – Jean Carmet passe des vacances à Èze. Tous deux créent alors de nombreux et retentissants canulars.
Music-hall : *Autre chose,* de Pierre Dac, Francis Blanche et Roger Pierre (à l'ABC).
Décès de sa mère.

Cinéma : *Minuit, quai de Bercy* et *La Maison du crime,* de Christian Stengel, avec Madeleine Robinson, Erich Von Stroheim, Louis Seigner, Rosy Varte et Jean Carmet.
Livres : *Malheur aux barbus !, Premières aventures de Furax, La Confession de Furax, Mangez de la salade !, Les Barbus de l'espace,* en collaboration avec Pierre Dac (éditions André Martel).

1953 – Divorce d'Édith Fontaine.
Cinéma : *Faites-moi confiance* (auteur et acteur), de Gilles Grangier, avec Zappy Max, Colette Ripert, Pierre Larquey, Jean-Marc Tennberg.

1954 – Mariage avec Evelyn.
Radio : canulars téléphoniques (sur RMC).
Cinéma : *Ah ! les belles bacchantes,* de Jean Loubignac (scénario de Robert Dhéry), avec Jacqueline Maillan, Louis de Funès, Colette Brosset, Jacques Jouanneau, Jacques Legras, Michel Serrault, Guy Piérault, Gérard Calvi, Roger Caccia, Roger Saget, Raymond Bussières et Rosine Luguet.

1955 – Cinéma : *Honoré de Marseille,* de Maurice Regamey, avec Fernandel.
Les Indiscrètes, de Raoul André.
Music-hall : passe à l'Olympia en vedette américaine de Charles Trenet.
Disque : enregistre ses propres chansons.

1956 – Radio : *Signé Furax !,* avec Pierre Dac (Europe 1).
Théâtre : *La Belle Arabelle* (auteur et metteur en scène), comédie musicale avec les Frères Jacques (Théâtre de

la Porte-Saint-Martin). Rencontre avec Arlette Rebora, danseuse dans *La Belle Arabelle.*
Cinéma : *La vie est belle,* de Roger Pierre et Jean-Marc Thibault. *La Polka des menottes,* de Raoul André, avec Pascale Audret, Claude Rich, Misha Auer et Pierre Dac. Reçoit le Grand Prix de l'Humour.

1957 – Naissance de Jean-Marie, fils d'Arlette Rebora et Francis Blanche, en décembre.
Cabaret : spectacle avec Pierre Dac (aux Trois Baudets).
Cinéma : *Tous peuvent me tuer,* d'Henri Decoin (scénario d'André Versini, dialogues d'Albert Simonin), avec François Périer, Jean-Pierre Marielle, Pierre Mondy, Peter Van Eyck, Pierre Dudan, Dario Moreno, Pierre Louis et Anouk Aimée. *À pied, à cheval et en voiture,* de Jean Dréville (scénario de Noël-Noël), avec Darry Cowl. *Le Petit Prof,* de Carlo Rim, avec Darry Cowl, Jean-Roger Caussimon et Yves Robert.
Édition : *Signé Furax !* (bande dessinée, *France-Soir*).

1958 – Théâtre : *Chipolata, saucisson show,* de Pierre Dac et Francis Blanche (Théâtre Caumartin).
Cinéma : *Les Motards,* de Roger Pierre, Jean-Marc Thibault et Jean Laviron. *Pourquoi viens-tu si tard ?,* de Henri Decoin, avec Michèle Morgan et Henri Vidal. *L'Increvable,* de Jean Boyer, avec Darry Cowl. *À pied, à cheval et en spoutnik,* de Jean Dréville.
Télévision : *Francis Blanche chez lui,* par Pierre Badel.
Disque : émissions radiophoniques (Vogue).

1959 – Naissance de Dominique, fille d'Arlette Rebora et Francis Blanche.
Cinéma : *Babette s'en va-t'en guerre,* de Christian-Jaque

(dialogues de Michel Audiard), rôle du légendaire Papa Schultz, avec Brigitte Bardot et Jacques Charrier. Grand succès public. *La Jument verte,* de Claude Autant-Lara (scénario de Jean Aurenche et Pierre Bost, d'après Marcel Aymé), avec Bourvil, Valérie Lagrange, Yves Robert, Achille Zavatta, Marie Déa, Georges Wilson et Julien Carette. *Match contre la mort,* de Claude Bernard-Aubert. *Certains l'aiment froide* (ou *Les râleurs font leur beurre*), de Jean Bastia.
Télévision : enregistre, avec Pierre Dac, le sketch *Le Sâr Rabindranath Duval* (d'autres versions filmées seront enregistrées par la suite).

1960 – Décès de son père.
Cinéma : *Les Pique-assiettes,* de Jean Girault (scénario de Jacques Vilfrid), avec Darry Cowl. *L'Ours,* d'Edmond Séchan, avec Renato Rascel. *La Française et l'amour,* de Michel Boisrond, René Clair, Henri Decoin et Jean-Paul Le Chanois (film à sketches). *Vive Henri IV... Vive l'amour,* de Claude Autant-Lara (scénario d'Henri Jeanson et Jean Aurenche), avec Francis Claude. *Un couple,* de Jean-Pierre Mocky. *Les Pilules d'Hercule,* de Luciano Salce (Italie). *Le chat miaulera trois fois,* de S.V. Steno (Italie).
Théâtre : *Tartuffe,* de Molière, avec Madeleine Robinson, mise en scène de Jean Meyer (Théâtre du Palais-Royal). *L'Étouffe-chrétien,* de Félicien Marceau (rôle de Néron), avec Arletty (Théâtre de l'Atelier). *Va donc chez Thorpe,* comédie de François Billetdoux (en tournée).

1961 – Cinéma : *Les Menteurs,* d'Edmond T. Gréville (scénario de Frédéric Dard), avec Jean Servais et Claude Brasseur. *Les Livreurs,* de Jean Girault. *Les Petits Matins,* de Jacqueline Audry (scénario de Pierre Laroche), avec Agathe Aems, Fernand Gravey, François Périer, Claude Rich, Pierre Mondy, Roger Coggio, Gilbert Bécaud, Daniel Gélin, Lino Ventura, Noël-Noël, Robert Hossein, Bernard Blier, Arletty, Jean-Claude Brialy et Darry Cowl. *En plein cirage,* de Georges Lautner (scénario de Pierre Laroche), avec Martine Carol et Félix Marten. *Le Septième Juré,* de Georges Lautner (scénario de Pierre Laroche), avec Bernard Blier et Maurice Biraud. *La Planque,* de Raoul André, avec Mouloudji. *Snobs !,* de Jean-Pierre Mocky. *Tartarin de Tarascon,* de Francis Blanche (son unique réalisation au cinéma, adaptation et dialogues en collaboration avec Yvan Audouard, d'après Alphonse Daudet), avec Francis Blanche, Jacqueline Maillan, Alfred Adam, Michel Galabru, Hubert Deschamps, Paul Préboist. *L'Enlèvement des Sabine,* de Richard Pottier, avec Mylène Demongeot.

1962 – Naissance de Barbara, fille de Arlette Rebora et Francis Blanche.
Cinéma : *Les Veinards,* de Jack Pinoteau, avec Darry Cowl. *Les Bricoleurs,* de Jean Girault. *La Tulipe noire,* de Christian-Jaque (scénario d'Henri Jeanson, d'après Alexandre Dumas, avec Alain Delon), Dawn Adams, Virna Lisi, Robert Manuel. *Les Vierges,* de Jean-Pierre Mocky, avec Jean Poiret. *Les Tontons flingueurs,* de Georges Lautner (dialogues de Michel Audiard), avec Lino Ventura, Bernard Blier, Claude Rich, Jean Lefebvre et Jacques Dumesnil. Grand succès public. *Le Repas des fauves,* de Christian-Jaque (dialogues d'Henri Jeanson), avec Antonella Lualdi, France Anglade, Dominique Paturel, Claude Rich et Claude Nicot. *Les Barbouzes,*

de Georges Lautner (dialogues de Michel Audiard), avec Mireille Darc, Lino Ventura, Bernard Blier, Jess Hahn.

1963 – Cinéma : *La Chasse à l'homme,* d'Édouard Molinaro (dialogues de Michel Audiard), avec Françoise Dorléac, Micheline Presle, Catherine Deneuve, Marie Laforêt, Marie Dubois, Bernadette Lafont, Michel Serrault, Jean-Claude Brialy, Jean-Paul Belmondo et Claude Rich. *Les Plus Belles Escroqueries du monde,* de Claude Chabrol. *Dragées au poivre,* de Jacques Baratier (scénario de Guy Bedos et Sophie Daumier), avec Anna Karina, Simone Signoret, Jean-Paul Belmondo et Claude Brasseur. *Les Pissenlits par la racine,* de Georges Lautner (dialogues de Michel Audiard), avec Mireille Darc, Louis de Funès, Darry Cowl, Maurice Biraud. *L'Abominable Homme des douanes,* de Marc Allégret. *Un drôle de paroissien,* de Jean-Pierre Mocky.

1964 – Cinéma : *La Sentinelle endormie,* de Jean Dréville (scénario de Noël-Noël), avec Pascal Audret, Michel Galabru et Raymond Souplex. *La Chance et l'Amour,* de Claude Berri. *Les Gorilles,* de Jean Girault. *Jaloux comme un tigre,* de Darry Cowl. *La Bonne Occase,* de Michel Drach. *La Cité de l'indicible peur (La Grande frousse),* de Jean-Pierre Mocky.

1965 – Théâtre : *Les escargots meurent debout* (auteur et interprète, spectacle historico-burlesque), avec Jean Le Poulain (Théâtre Fontaine).
Cinéma : *Les Compagnons de la marguerite,* de Jean-Pierre Mocky, avec Michel Serrault. *Les Gros Bras,* de Francis Rigaud. *La Tête du client,* de Jacques Poitrenaud. *Bon week-end,* de Roland Quignon. *Les Baratineurs,* de Fran-

cis Rigaud. *Pas de caviar pour tante Olga,* de Jean Becker. Télévision : spécial Discorama, entretien avec Denise Glaser.

1966 – Naissance de Caroline, fille de Maryse Viscard et de Francis Blanche.
Télévision : Sacha Show, interprète plusieurs sketchs dont *Le Sâr...*
Cinéma : *Du mou dans la gâchette,* de Louis Grospierre.

1967 – Radio : *Les kangourous n'ont pas d'arêtes, Le Magazine de la chanson et de la quincaillerie* et *Bonjour chez vous* (Europe 1, de 1967 à 1972).
Cinéma : *Belle de jour,* de Luis Buñuel (scénario de Jean-Claude Carrière, d'après Joseph Kessel), avec Catherine Deneuve, Françoise Fabian et Michel Piccoli. *Ces messieurs de la famille,* de Raoul André, avec Jean Poiret, Michel Serrault, Darry Cowl, Jean Yanne, Michel Galabru, Annie Cordy, Anna Gaël, Anne Carrère. *Le Canard en fer-blanc,* de Jacques Poitrenaud. *La Grande Sauterelle,* de Georges Lautner (dialogues de Michel Audiard), avec Mireille Darc. *Le Plus Vieux Métier du monde,* de Claude Autant-Lara. *Le Grand Bidule,* de Raoul André.

1968 – Théâtre : *Adieu Berthe* (adaptation avec Albert Husson de la pièce de John Murray et Allen Boretz), par Jacques Charon, avec Nicole Garcia, Francis Blanche, Jean-Roger Caussimon, Jean Carmet, Jacques Jouanneau, Hubert Deschamps, Bernard Dumaine, Lawrence Riesner (Théâtre des Bouffes-Parisiens).
Cinéma : *Érotissimo,* de Gérard Pirès, avec Annie Girardot et Jean Yanne. *La Grande Lessive,* de Jean-Pierre

Mocky, avec Bourvil et Jean Poiret. *L'Étalon,* de Jean-Pierre Mocky, avec Bourvil. *Un merveilleux parfum d'oseille,* de Bassi. *Poussez pas grand-mère dans les cactus,* de Jean-Claude Dague. *Aux frais de la princesse,* de Roland Quignon, avec Marthe Mercadier, Jean Poiret, Michel Galabru et Roger Nicolas.

1969 – Cinéma : *Ces messieurs de la gâchette,* de Raoul André. *Faites donc plaisir aux amis,* de Francis Rigaud.

1970 – Théâtre : *Franciscorama* (auteur et metteur en scène, textes et poèmes), au Théâtre Fontaine.
Cinéma : *Qu'est-ce qui fait courir les crocodiles ?,* de Jacques Poitrenaud (scénariste-auteur Jean Curtelin), avec Jean Poiret, Michel Serrault, Boby Lapointe, Évelyne Dassas, Colette Castel. *La Grande Java,* de Philippe Clair.
Démêlés avec le Trésor public. Nombreuses dettes.

1971 – Cinéma : *La Grosse Combine,* de Bruno Corbucci (Italie). *Êtes-vous fiancée à un marin grec ou à un pilote de ligne ?,* de Jean Aurel (adaptation et dialogues de Jean Yanne, d'après le roman *La Marche du fou*), avec Jean Yanne, Françoise Fabian, Nicole Calfan et Roger Peyrefitte. *La Grande Maffia,* de Philippe Clair.
Livre : *Signé Furax !* (3 volumes), en collaboration avec Pierre Dac (Jean-Claude Lattès).
Télévision : émission consacrée à Charles Trenet, avec Fancis Blanche.

1972 – Livre : *Mon oursin et moi* (Édition Spéciale) et *Furax et les autres* (Jean-Claude Lattès).
Disque : enregistre un florilège de poèmes (Disques Canetti).

Télévision : plusieurs émissions, dont *Top à Juliette Gréco* (ils interprètent en duo « La Truite de Schubert » dont Francis a écrit les paroles), *Les Grands Enfants, Au clair de la Une, Trétaux dans la nuit, Alice au pays des merveilles.*

Radio : dernière saison à Europe 1.

1973 – Théâtre : *Un yaourt pour deux,* de Francis Blanche et Albert Husson (Théâtre Gramont).

Cinéma : *La Grande Bouffe,* de Marco Ferreri (dialogues du film), avec Marcello Mastroianni, Philippe Noiret, Michel Piccoli, Ugo Tognazzi et Andrea Ferreol. *Par le sang des autres,* de Marc Simenon, avec Mylène Demongeot, Charles Vanel, Bernard Blier, Yves Beneyton. *Colinot trousse chemise,* de Nina Companeez, avec Brigitte Bardot et Francis Huster. *Un linceul n'a pas de poches,* de Jean-Pierre Mocky, d'après Horace MacCoy. *O.K., patron,* de Claude Vital, avec Renée Saint-Cyr et Jacques Dutronc. *Dites-le avec des fleurs,* de Pierre Grimblat, avec Delphine Seyrig et Fernando Rey. *Dernière bourrée à Paris,* de Raoul André. *France société anonyme,* d'Alain Corneau, avec Michel Bouquet et Roland Dubillard.

Livre : *L'Étrange Napolitaine* (éditions de Trévise).

1974 – Télévision : *À bout portant,* de Roger Sciandra, entretien avec Francis Blanche et Pierre Dac.

Music-hall : à Bobino, avec Pierre Dac.

Décès le 7 juillet, à Paris.

Sur sa tombe, au cimetière d'Èze, est gravé : « Laissez-moi dormir… j'étais fait pour ça. »

1975 – Décès de Pierre Dac.

1976 – Livre : *Le gruyère qui tue*, avec Piette Dac (Jean-Claude Lattès).

1979 – Livre : *Signé Francis Blanche*, anthologie rassemblée par Henri Marc (Jean-Claude Lattès).

1984 – Livre : *Le Parti d'en rire,* de Pierre Arnaud de Chassy Poulay, textes radio de Francis Blanche et Pierre Dac (Cherche Midi éditeur). *Les Pensées de Francis Blanche,* réunies par Henri Marc, illustrations de Cabu, préface de Claude Villers (Cherche Midi éditeur).

1996 – Livre : *Pensées, répliques et anecdotes* (Cherche Midi éditeur, 1996 / J'ai lu, 1999), textes réunis par Jean-Marie Blanche.

*

Livres sur Francis Blanche

Francis Blanche, biographie d'un arlequin, de Henri Marc, Jean-Claude Lattès, 1990.
Francis Blanche, le tonton flingué, de Claude Villers, France Inter / Denoël, 2000.

Livre sur Pierre Dac

Pierre Dac : mon maître soixante-trois, de Jacques Pessis, éditions François Bourrin, 1992.

DVD + CD + livre sur Francis Blanche

« *Portrait* » *Francis Blanche*, EPM / SWProductions, 2006.

POSTFACE
À L'ÉDITION ORIGINALE DE 1972

Quand on apprend l'amitié que j'ai pour Francis Blanche, la question revient à chaque fois : « Est-il comme ça tout le temps ? »

À ma connaissance, Francis Blanche est comme ça tout le temps. Il est là. On rit. On ne comprend souvent qu'après pourquoi. Et que c'était très drôle. Que le farceur est à l'extrême pointe de l'humour, caché derrière les feux de l'esprit.

Ce que l'on sait moins encore, c'est ce que ce jaillissement cocasse cache de tendresse, de culture, d'art, de dérision devant la sottise, d'indignation et de suite dans les idées.

Cela c'est le secret de Francis. Il y a toujours des tares dans les familles, des termites dans le palais et des charançons dans l'arbre généalogique (métaphore osée). La tare de Francis Blanche est lourde. Elle s'appelle Poésie.

Coup de lumière sur le comédien ! Qu'il soit Néron, Tartarin de Tarascon ou le célèbre Papa Schultz, Francis Blanche saute dans le personnage de théâtre par le dedans parce qu'il est poète. Oui, un poète, un vrai, tendre écorché, est derrière le masque antique de l'acteur qui ne montre que ses yeux douloureux. C'est lui qui humanise les cent marionnettes qu'il anime.

Le mot est là. Anime. Le secret du plus complet artiste d'aujourd'hui est d'avoir une âme.

Bah ! Nobody's perfect !

Armand LANOUX de l'Académie Goncourt

AUX NUES DES CORMORANS

Prenons un petit homme. Admettons qu'il s'ennuie des exécutions publiques dont saigne l'ancêtre au beau milieu de la place royale. Il joue les prophètes comme un oiseau de nuit. Au beau milieu de ces grands maux, serait-il préférable de ne penser qu'à soi ?

Allumons dans le ciel l'étoile d'autrefois. Il faut admettre qu'écrire au propre n'est pas commun. Compter les pieds, les vers, les rimes, tout en sifflant la mélodie n'est pas si facile. Et pourtant, le petit homme fait vite :

Un beau matin, me suis levé, c'était dimanche. À la carriole, j'ai attelé ma jument blanche pour m'en aller au marché dans le chef-lieu du comté ; paraît qu'y avait des généraux à vendre.

Ce petit homme imagine que, dans la cour de la ferme, les poules, très cool, enfilent leurs bas de soie. Ça va danser, ça va de soi. Petit homme, tu as déjà tout lu, déjà tout retenu. Tant de mots ! Tu dois y aller encore et encore.

J'ai raconté tout ça afin de vous faire vivre pleinement, maintenant, cet instant : que ce soit dans sa cave, à Paris, rue de la Félicité, dans sa maison au sommet d'Èze-Village, la tête dans les nuages, ou encore sous les toits de son appartement du pavillon de la reine de la place des Vosges, ce petit homme, dans l'ombre du fourneau ambré de sa pipe, d'où s'élèvent des anneaux de fumée bleue, nous a vraiment emportés à ravir aux nues des cormorans.

Allez, monsieur Blanche : jouez, chantez, riez, c'est enfantin.

Signez Furax *et* Adieu Berthe *; poignardez* Arlequin sur les quais du vieux Londres *; offrez un* Noël blanc *aux enrhumés de* Saint-Sulpice*; traversez le* Pont Alexandre *avec le* Général à vendre *; croisez l'*Étranger au paradis, Madame Arnica *à son bras, et bien sûr,* les Cloches de Lisbonne *sonneront.*

Signez des fables et des chansons, signez des blagues inutiles et de drôles de contrats pour des rôles sans fond, où vous apprendrez à chaque assistant, en piquant des coups de sang, à ne pas faire le difficile. Inventez-nous Monsieur Macheprot *dans de mémorables coups de fil, un* colonel allemand *aux multiples accents, un* notaire *aussi saumâtre que le grisbi, un* prêtre russe *calibré pour l'extrême-onction. Soyez* Tartuffe, *soyez* Néron, *soyez* Tartarin de Tarascon. *Mais surtout, saluez le public : il vous aime et vous aimera.*

Autant le travail s'impose, autant les impôts vous travaillent.

Aussi, vous n'oublierez jamais d'ajouter en bas de chaque page :

Mieux vaut hériter à la Poste que passer à la postérité.

Pendant que le soleil se couche à l'horizon d'un monde insatiable, nous sentons, chaque soir, les embruns de l'envie qui parfument les airs des gardiens de l'amour perdus dans le désert. Petit homme, tes graffitis d'amour sur nos châteaux de sable font chanter les couleurs des reflets de la vie ; du plus profond de la nuit, étoiles et planètes s'illuminent, s'amusent et font la fête.

De ce monde en folie, le petit homme a ri, et puis il est parti sur son si lancinant, silencieux navire, qui l'emporte, à ravir, aux nues des Cormorans.

Jean-Marie BLANCHE

Fait le vingt-cinq septembre deux mil cinq vers trois heures, au 9 rue des Épinettes, Paris, dix-septième, au sixième étage sans ascenseur, avec vue sur le Sacré-Cœur.

COMMENT J'AI DÉCOUVERT FRANCIS BLANCHE

Furtivement, à la faveur du hérissement d'un poil de la mémoire collective, comme on voyage dans l'univers des ondes, cassis et dos d'âne du rêve et de l'oubli lorsqu'un nom soudain vous accroche par magnétisme et délivre par taquinerie une figure, une volonté, un espoir. Il suffit d'être disponible.

Un professeur de théâtre exhorte un jour ses élèves à assister au spectacle d'un jeune artiste, Laurent Francomano, qui chante Baudelaire et Francis Blanche. L'association si étonnante de ces deux auteurs sur un même programme opère un clic dans ma mémoire et aiguise ma curiosité.

Baudelaire, je connais. Son nom s'enfonce comme une broche bohème à travers un nuage, sans effort, tandis que celui de Blanche reste suspendu à mes souvenirs d'enfance, au bonheur de ma mère, à l'émission de télévision Les Grands Enfants. *Francis Blanche, pour moi enfant, c'était un ogre gaulois qui faisait des grimaces et me faisait peur, tandis qu'il faisait rire ma mère et je ne comprenais pas pourquoi, bien sûr. Au petit restaurant où se produisait Laurent Francomano, je n'ai pas rencontré Francis Blanche, mais son fils, Jean-Marie Blanche, poète, diffuseur original et sensible des œuvres de son père.*

Un jour, dans un souffle illuminé, au sortir d'un vieux pick-up, j'écoute la voix de Francis Blanche à la fois menue et caverneuse secouer l'arbre de mes pensées. C'est une voix venue d'ailleurs qui prend possession de la pièce, qui me soufflette le visage ; je tremble : Image de l'arbre, *tu me traverses.*

Je voudrais que cette voix me retienne, que l'émotion soit de son côté. Voyager à travers les larmes et les rires, mon Dieu, quel destin inépuisable ! Un arbre qui se penche sur la pensée d'un ami repêche nos émois contenus, nos frissons. Et Francis continue à tenir la cadence : au Carnaval des animaux, un dromadaire blanc, la truite de Schubert, le frère saint Trasibule, *et* l'autruche, *et* Furax, *une foule de personnages qui se tiennent les côtes. Voilà le singe, le pauvre singe.*

Comme je rêve encore de déclamer la pince à linge, *ou* la tirade du Cid.

Un oiseau sort de la bouche du poète :

Rendez-vous, dimanche prochain, au carnaval des hommes !

Évelyne TRAN

Fait à Paris, le vingt-cinq septembre deux mil cinq vers dix-huit heures, au 9 rue des Épinettes, dix-septième arrondissement, au sixième étage sans ascenseur, avec vue sur le Sacré-Cœur.

INDEX DES TEXTES

REMERCIEMENTS

Je tiens à remercier Raoul Breton, Vogue, les Nouvelles Éditions Méridian et les éditions Chapell dont la gracieuse obligeance m'a permis de publier :

« À Noël », « Ça tourne pas rond » (Raoul Breton), « Voyage vers Vénus », « L'Âge de raison », « La Vieille Anglaise », « On les aura » (Vogue), « La Truite de Schubert », « Généneral à vendre », « Faux-pas » (Méridian), « Étranger au paradis », « Les Cloches de Lisbonne », « Les Boîtes à musique » (éditions Chapell et éditions et productions théâtrales Chapell).

« Étranger au paradis » (« Stranger in Paradise »), de Robert Wright et Georges Forest, paroles françaises de Francis Blanche, musique de Gloria Lasso, by Franck Music Corp., 1953.

« Les Cloches de Lisbonne » (« Fado da Madragoa »), musique de Federico Valerio, paroles de Joao Bastos, paroles françaises de Francis Blanche, Iberia Music Corp., 1957.

« Les Boîtes à musique », musique de Guy Lafarge et Pierre Philippe (de *La Belle Arabelle*), paroles de Francis Blanche et Marc Cab, Royalty, 1956.

Francis BLANCHE

Nos remerciements à Dominique, Barbara, Caroline
et Jean-Marie,

ainsi qu'à Évelyne Tran, Xavier Jaillard,
Pierre Drachline, Véronique Forgeau,
Jean-Louis Rancurel

et pour sa précieuse participation,
à Olivier Fenwick.

TABLE

Cet ouvrage
a été achevé d'imprimer
par l'Imprimerie Floch à Mayenne,
le 17 janvier 2006.
Photocomposition
Ateliers Graphiques de l'Ardoisière
à Bègles.

N° d'éd. 624 - N° d'imp. 64814
Dépôt légal : janvier 2006
Imprimé en France